气清景明，繁花盛开

林清玄散文精选

林清玄——

著

作家出版社

（京权）图字：01-2016-3470

图书在版编目（CIP）数据

气清景明，繁花盛开：林清玄散文精选 / 林清玄 著. --
北京 ：作家出版社，2016.6（2024.10重印）
　ISBN 978-7-5063-8922-8

　Ⅰ.①气… Ⅱ.①林… Ⅲ.①散文集 – 中国 – 当代
Ⅳ.①I267

中国版本图书馆CIP数据核字（2016）第095262号

本著作物经厦门墨客知识产权代理有限公司代理，由九歌
出版社有限公司授权，在中国大陆出版、发行中文简体字版本。

气清景明，繁花盛开——林清玄散文精选

作　　者：林清玄
责任编辑：省登宇
装帧设计：粉粉猫
出版发行：作家出版社
社　　址：北京农展馆南里10号　　　邮　　编：100125
电话传真：86-10-65930756（出版发行部）
　　　　　86-10-65004079（总编室）
　　　　　86-10-65015116（邮购部）
E-mail:zuojia@zuojia.net.cn
http://www.haozuojia.com（作家在线）
印　　刷：唐山嘉德印刷有限公司
成品尺寸：142×210
字　　数：180千
印　　张：8.75
版　　次：2016年6月第1版
印　　次：2024年10月第27次印刷
ISBN　978-7-5063-8922-8
定　　价：28.00元

目　录

第一辑　温一壶月光下酒

清欢

少年时代读到苏轼的一阕词，非常喜欢，到现在还能背诵：

细雨斜风作晓寒，

淡烟疏柳媚晴滩，

入淮清洛渐漫漫。

雪沫乳花浮午盏，

蓼茸蒿笋试春盘，

人间有味是清欢。

这阕词，苏轼在旁边写着"元丰七年十二月二十四日，从泗州刘倩叔游南山"，原来是苏轼和朋友到郊外去玩，在南山里喝了浮着雪沫乳花的小酒，配着春日山野的蓼菜、茼蒿、新笋，以及野草的嫩芽等等，然后自己赞叹着，"人间有味是清欢！"

当时所以能深记这阕词，最主要是爱极了后面这一句，因为试吃野菜的这种平凡的清欢，才使人间更有滋味。"清欢"是什么呢？清欢几乎是难以翻译的，可以说是"清淡的欢愉"，这种清淡的欢愉不是来自别处，正是来自对平静的疏淡的简朴的生活的一种热爱。当一个人可以品味出野菜的清香胜过了山珍海味，或者一个人在路边的石头里看出了比钻石更引人的滋味，或者一个人听林间鸟鸣的声音感受到比提笼遛鸟更感动，或者甚至于体会了静静品一壶乌龙茶比起在喧闹的晚宴中更能清洗心灵……这些就是"清欢"。

清欢之所以好，是因为它对生活的无求，是它不讲究物质的条件，只讲究心灵的品味。"清欢"的境界是很高的，它不同于李白的"人生在世不称意，明朝散发弄扁舟"那样的自我放逐；或者"人生得意须尽欢，莫使金樽空对月"那种尽情的欢乐。它也不同于杜甫的"人生有情泪沾臆，江水江花岂终极"这样悲痛的心事，或者"人生不相见，动如参与商；今夕复何夕，共此灯烛光"那种无奈的感叹。

我们活在这个世界上，有千百种人生，文天祥的是"人生自古谁无死，留取丹心照汗青"，我们很容易体会到他的壮怀激烈。欧阳修的是"人生自是有情痴，此恨不关风与月"，我们很能体会到他的绵绵情恨。纳兰性德的是"人到情多情转薄，而今真个不多情"。我们也不难会意到他无奈的哀伤。甚至于像王国维的"人生只似风前絮，欢也零星，悲也零星，都作连江点点萍"。

可是"清欢"就难了！

尤其是生活在现代的人，差不多是没有清欢的。

你说什么样是清欢呢？我们想在路边好好地散个步，可是人声车声不断地呼吼而过，一天里，几乎没有纯然安静的一刻。

我们到馆子里，想要吃一些清淡的小菜，几乎是杳不可得，过多的油、过多的酱、过多的盐和味精已经成为中国菜最大的特色，端出来时让人吓一跳，因为菜上挤的沙拉酱比菜还多。

我们有时没有什么事，心情上只适合和朋友去啜一盅茶、饮一杯咖啡，可惜的是，心情也有了，朋友也有了，就是找不到地方，有茶有咖啡的地方总是嘈杂的，而且难以找到一边饮茶一边观景的处所。

俗世里没有清欢了，那么到山里去吧！到海边去吧！但是，山边和海湄也不纯净了，凡是人的足迹可以到的地方就有了垃圾，就有了臭秽，就有了吵闹！

有几个地方我以前常去的，像阳明山的白云山庄，叫一壶兰花茶，俯望着台北盆地里堆叠着的高楼与人欲，自己饮着茶，可以品到茶中有清欢。像在北投和阳明山间的山路边有一个小湖，湖畔有小贩卖功夫茶，小小的茶几、藤制的躺椅，独自开车去，走过石板的小路，叫一壶茶，在躺椅上静静地靠着，有时湖中的荷花开了，真是惊艳一山的沉默。有一次和朋友去，两人在躺椅上静静喝茶，一下午竟说不到几句话，那时我想，这大概是"人间有味是清欢"了。

现在这两个地方也不能去了，去了只有伤心。湖里的不是荷花了，是飘荡着的汽水罐子，池畔也无法静静躺着，因为人比草多，石板也被踏损了。到假日的时候，走路都很难不和别人推挤，更别说坐下来喝口茶，如果运气更坏，会遇到呼啸而过的飞车党，还有带伴唱机来跳舞的青年，那时所有的感官全部电路走火，不要说清欢，连欢也不剩了。

要找清欢就一日比一日更困难了。

我当学生的时候，有一位朋友住在中和圆通寺的山下，我常常坐着颠簸的公车去找她，两个人便沿着上山的石阶，漫无目的地，走走、坐坐、停停、看看。那时圆通寺山道石阶的两旁，杂乱地长着朱槿花，我们一路走，顺手摘下一朵熟透的朱槿花，吸着花朵底部的花露，其甜如蜜，而清香胜蜜，轻轻地含着一朵花的滋味，心里遂有一种只有春天才会有的欢愉。

圆通寺是一座全由坚固的石头砌成的寺院，那些黑而坚强的石头坐在山里仿佛一座不朽的城堡。绿树掩映，清风徐徐，我们站在用石板铺成的前院里，看着正在生长的小市镇，那时的寺院是澄明而安静的，让人感觉走了那样高的山路，能在那平台上看着远方，就是人生里的清欢了。

后来，朋友嫁人，到国外去了。我去了一趟圆通寺。山道已经开辟出来，车子可以环山而上，小山路已经很少人走。就在寺院的门口摆着满满的摊贩，有一摊是儿童乘坐的机器马，叽里咕噜的童歌震撼半山，有两摊是打香肠的摊子，烘烤香肠的白烟正往那古寺的大佛飘去，有一位母亲因为不准她的孩子吃香肠而揍打着两个孩子，激烈的哭声尖吭而急促……我连圆通寺的寺门都没有进去，就沉默地转身离开。山还是原来的山，寺还是原来的寺，为什么感觉完全不同了？失去了什么吗？失去的正是清欢。

下山时心情是不堪的，想到星散的朋友，心情也不是悲伤，只是惆怅，浮起的是一阕词和一首诗，词是李煜的，"高楼谁与上？长记秋晴望。往事已成空，还如一梦中。"诗是李觏的，"人言落日是天涯，望极天涯不见家。已恨碧山相阻隔，碧山还被暮云遮。"那时正是黄昏，在都市烟尘蒙蔽了的落日中，真的看到了一种悲剧似的橙色。

我二十岁的时候，心情很坏的时候，就跑到青年公园对面的骑马场去骑马，那些马虽然因驯服而动作缓慢，却都年轻高大，有着光滑的毛色。双腿用力一夹，它也会如箭一般呼啸着向前窜去，急忙的风声就从两耳掠过。我最记得的是马跑的时候，迅速移动着的草的青色，青茸茸的，仿佛饱含生命的汁液。跑了几圈下来，一切恶的心情也就在风中、在绿草里、在马的呼啸中消散了。

尤其是冬日的早晨，勒着缰绳，马就立在那儿，踢着长腿，鼻孔中冒着一缕缕的白气，那些气可以久久不散，当马的气息在空气中消弭的时候，人也好像得到了某些舒放了。

骑完马，到青年公园去散步，走到成行的树荫下，冷而强悍的空气在林间流荡着，可以放纵地、深深地呼吸，品味着空气里所含的元素，那元素不是别的，正是清欢。

最近有一天，突然想到了骑马，已经有十几年没骑了。到青年公园的马场时差一点没被吓昏，原来偌大的马场里已经没有一根草了，一根草也没有的马场大概只有台湾才有，马跑起来的时候，灰尘滚滚，弥漫在空气里的尽是令人窒息的黄土，蒙蔽了人的眼睛。马也老了，毛色斑驳而失去光泽。

最可怕的是，不知道什么时候在马场搭了一个塑胶棚子，铺了水泥地，奇丑无比，里面则摆满了机器的小马，让人骑，奇吵无比。为什么为了些微的小利，而牺牲了这个马场呢？

马会老是我知道的事，人会转变是我知道的事，而在有马的地方放机器马，在马跑的地方没有一株草则是我不能理解的事。

就在马场对面的青年公园，那里已经不能说是公园了，人比在西门时还拥挤吵闹，空气比咖啡馆还坏，树也萎了、草也黄了、阳光也照不灿烂了。我从公园穿越过去，想到少年时代的这个公园，心痛如绞，别说清欢了，简直像极了佛经所说的"五浊恶世"！

生在这个时代，为何"清欢"如此难觅？眼要清欢，找不到青山绿水；耳要清欢，找不到宁静和谐；鼻要清欢，找不到干净空气；舌要清欢，找不到蓼茸蒿笋；身要清欢，找不到清凉净土；意要清欢，找不到智慧明心。如果你要享受清欢，唯一的方法是守在自己小小的天地，洗涤自己的心灵，因为在我们拥有愈多的物质世界，我们清淡的欢愉就日渐失去了。

现代人的欢乐，是到油烟爆起、卫生堪虑的啤酒屋去吃炒蟋蟀；是到黑天暗地、不见天日的卡拉 OK 去乱唱一气；是到乡村野店、胡乱搭成的土鸡山庄去豪饮一番；以及到狭小的房间里做方城之戏，永远重复着摸牌的一个动作……这些污浊的放逸的生活以为是欢乐，想起来毋宁是可悲的事。为什么现代人不能过清欢的生活，反而以浊为欢、以清为苦呢？

当一个人以浊为欢的时候，就很难体会到生命清明的滋味，而在欢乐已尽、浊心再起的时候，人间就愈来愈无味了。

这使我想起东坡的另一首诗来：

梨花淡白柳深青，柳絮飞时花满城。
惆怅东栏一株雪，人生看得几清明。

苏轼凭着东栏看着栏杆外的梨花，满城都飞着柳絮时，梨花也开了遍地，东栏的那株梨花却从深青的柳树间伸了出来，仿佛雪一样的清丽，有一种惆怅之美，但是，人生，看这么清明可喜的梨花能有几回呢？这正是千古风流人物的性情，这正是清朝大画家盛大士在《溪山卧游录》中说的："凡人多熟一分世故，即多一分机智。多一分机智，即少却一分高雅。""山中何所有，岭上多白云。只可自怡悦，不堪持赠君。自是第一流人物。"

第一流人物是什么人物？

第一流人物是在清欢里也能体会人间有味的人物！

温一壶月光下酒

煮雪如果真有其事，别的东西也可以留下，我们可以用一个空瓶把今夜的桂花香装起来，等桂花谢了，秋天过去，再打开瓶盖，细细品尝。

把初恋的温馨用一个精致的琉璃盒子盛装，等到青春过尽垂垂老矣的时候，掀开盒盖，扑面一股热流，足以使我们老怀堪慰。

这其中还有许多意想不到的情趣，譬如将月光装在酒壶里，用文火一起温来喝……此中有真意，乃是酒仙的境界。

有一次与朋友住在狮头山，每天黄昏时候在刻着"即心是佛"的大石头下开怀痛饮，常喝到月色满布才回到和尚庙睡觉，过着神仙一样的生活。最后一天我们都喝得有点醉了，携着酒壶下山，走到山下时顿觉胸中都是山香云气，酒气不知道跑到何方，才知道喝酒原有这样的境界。

有时候抽象的事物也可以让我们感知，有时候实体的事物也能转眼化为无形，岁月当是明证，我们活的时候真正感觉到自己是存在的，岁月的脚步一走过，转眼便如云烟无形。但是，这些消逝于无形的往事，却可以拿来下酒，酒后便会浮现出来。

喝酒是有哲学的，准备许多下酒菜，喝得杯盘狼藉是下乘的喝法；几粒花生米和一盘豆腐干，和三五好友天南地北是中乘的喝法；一个人独斟自酌，举杯邀明月，对影成三人，是上乘的喝法。

关于上乘的喝法，春天的时候可以面对满园怒放的杜鹃细饮五加皮；夏天的时候，在满树狂花中痛饮啤酒；秋日薄暮，用菊花煮竹叶青，人与海棠俱醉；冬寒时节则面对篱笆间的忍冬花，用蜡梅温一壶大曲。这种种，就到了无物不可下酒的境界。

当然，诗词也可以下酒。

俞文豹在《历代诗余引吹剑录》谈到一个故事，提到苏东坡有一次在玉堂日，有一幕士善歌，东坡因问曰："我词何如柳七（即柳永）？"幕士对曰："柳郎中词，只合十七八女郎，执红牙板，歌'杨柳岸，晓风残月'。学士词，须关西大汉、铜琵琶、铁棹板，唱'大江东去'。"东坡为之绝倒。

这个故事也能引用到饮酒上来，喝淡酒的时候，宜读李清照；喝甜酒时，宜读柳永；喝烈酒则大歌东坡词。其他如辛弃疾，应饮高粱小口；读放翁，应大口喝大曲；读李后主，要用马祖老酒煮姜汁到出怨苦味时最好；至于陶渊明、李太白则浓淡皆宜，狂饮细品皆可。

喝纯酒自然有真味，但酒中别掺物事也自有情趣。范成大在《骖鸾录》里提到："番禺人作心字香，用素茉莉未开者，着净器，薄劈沉香，层层相间封，日一易，不待花蔫，花过香成。"我想，应做茉莉心香的法门也是掺酒的法门，有时不必直掺，斯能有纯酒的真味，也有纯酒所无的余香。我有一位朋友善做葡萄酒，酿酒时以秋天桂花围塞，酒成之际，桂香袅袅，直似天品。

我们读唐宋诗词，乃知饮酒不是容易的事，遥想李白当看斗酒诗百篇，气势如奔雷，作诗则如长鲸吸百川，可以知道这年头饮酒的人实在没有气魄。现代人饮酒讲格调，不讲诗酒。袁枚在《随园诗话》里提过杨诚斋的话："从来天分低拙之人，好谈格调，而不解风趣。何也？格调是空架子，有腔口易描；风趣专写性灵，非天才不办。"在秦楼酒馆饮酒作乐，这是格调，能把去年的月光温到今年才下酒，这是风趣，也是性灵，其中是有几分天分的。

《维摩经》里有一段天女散花的记载，正是菩萨为总经弟子讲经的时候，天女出现了，在菩萨与弟子之间遍洒鲜花，散布在菩萨身上的花全落在地上，散布在弟子身上的花却像粘黏那样粘在他们身上，弟子们不好意思，用神力想使它掉落也不掉落。仙女说："观诸菩萨花不着者，已断一切分别想故。譬如，人畏时，非人得其便。如是弟子畏生死故，色、声、香、味，触得其便也。已离畏者，一切五欲皆无能为也。结习未尽，花着身耳。结习尽者，花不着也。"

这也是非关格调，而是性灵。佛家虽然讲究酒、色、财、气四大皆空，我却觉得，喝酒到处几可达佛家境界，试问，若能忍把浮名，换作浅酌低唱，即使天女来散花也不能着身，荣辱皆忘，前尘往事化成一缕轻烟，尽成因果，不正是佛家所谓苦修深修的境界吗？

秋声一片

生活在都市的人，愈来愈不了解季节了。

我们不能像在儿时的乡下，看到满地野花怒放，而嗅到春风的讯息；也不能在夜里的庭院，看挥扇乘凉的老人，感受到夏夜的乐趣；更不能在东北季风来临前，做最后一次出海的航行捕鱼，而知道秋季将尽。

都市就是这样的，夏夜里我们坐在冷气房子里，远望落地窗外的明星，几疑是秋天；冬寒的时候，我们走过聚集的花市，还以为春天正盛。然后我们慢慢迷惑了、迷失了，季节对我们已失去了意义，因为在都市里的工作是没有季节的。

前几天，一位朋友来访，兴冲冲地告诉我，"秋天到了，你知不知道？"他突来的问话使我大吃一惊，后来打听清楚，才知道他秋天的讯息来自市场，他到市场去买菜，看到市场里的蟹儿全黄了，才惊觉到秋天已至，不禁令我哑然失笑；对"春江水暖鸭先知"的鸭子来说，要是知道人是从市场知道秋天的，恐怕也要笑吧。

古人是怎么样知道秋天的呢？

我记得宋朝的词人蒋捷写过一首《声声慢》，题名就是"秋声"：

黄花深巷，

红叶低窗，

凄凉一片秋声。

豆雨声来，

中间夹带风声。

疏疏二十五点，

丽谯门、不锁更声。

故人远，

问谁摇玉佩，

檐底铃声？

彩角声吹月堕，

渐连营马动，

四起笳声。

闪烁邻灯，

灯前尚有砧声。

知他诉愁到晓，

碎哝哝、多少蛩声！

诉未了，

把一半、分与雁声。

　　这首词很短，但用了十个"声"字，在宋朝辈起的词人里也是罕见的；蒋捷用了风声、雨声、更声、铃声、笳声、砧声、蛩声、雁声来形容秋天的到来，真是令人感受到一个有节奏的秋天。中国过去的文学作品里都有着十分强烈的季节感，可惜这种季节的感应已经慢慢在流失了。有人说我们季节感的迷失，是因为台湾是个四季如春的地方，这一点我不同意；即使在最热的南部，用双手耕作的农人，永远对时间和气候的变化有一种敏感，那种敏感就像能在看到花苞时预测到它开放的时机。

在工业发展神速的时代，我们的生活不断有新的发现。我们的祖先只知道事物的实体、季节风云的变化、花草树木的生长，后来的人逐渐能穿透事物的实体找那更精细的物质。老一辈的人只知道物质最小的单位是分子，后来知道分子之下有原子，现在知道原子之内有核子、有中子、有粒子，将来可能在中子粒子之内又发现更细的组成。可叹的是，我们反而失去了事物可见的实体，正是应了中国的一句古话"明察秋毫，不见舆薪"。

到如今，我们对大自然的感应甚至不如一棵树。一棵树知道什么时候抽芽、开花、结实、落叶等等，并且把它的生命经验记录在一圈圈或松或紧的年轮上，而我们呢？有许多年轻的孩子甚至不知道玫瑰、杜鹃什么时候开花。更不要说从声音里体会秋天的来临了。

自从我们可以控制室内的气温以来，季节的感受就变成被遗弃的孩子，尽管它在冬天里猛力地哭号，也没有多少人能听见了。有一次我在纽约，窗外正飘着大雪，由于室内的暖气很强，我们在朋友家只穿着单衣，朋友从冰箱拿出冰淇淋来招待我们，我拿着冰淇淋看窗外的大雪竟自呆了，怀念着"红泥小火炉，能饮一杯无"那样冬天的生活。那时，季节的孩子在窗外探，我仿佛看见它蹑着足，走入了远方的树林。

由于人在室内改变了自然，我们就不容易明白冬天午后的阳光有多么可爱，也不容易体知夏夜庭院，静听蟋蟀鸣唱任凉风吹拂的快意了。因为温室栽培，我们四季都有玫瑰花，但我们就不能亲自知道春天玫瑰是多么的美；我们四季都有杜鹃可赏，也就不知道杜鹃血一样的花是如何动人了。

传说唐朝的武则天，因为嫌牡丹开花太迟，曾下令将牡丹用火焙燔，吓得牡丹仙子大为惊慌，连忙连夜开花以娱武后的欢心，才免去焙燔之苦。读到这则传说的时候，我还是一个不经事的少年，也不禁掩卷而叹；我们现在那些温室里的花朵，不正是用火来烤着各种花的精灵吗？使牡丹在室外还下着大雪的冬天开花，到底能让人有什么样的乐趣呢？我不明白。

萌芽的春、绿荫的夏、凋零的秋、枯寂的冬在人类科学的进化中也逐渐迷失了。我们知道秋天的来临，竟不再是从满地的落叶，而是市场上的蟹黄，是电视、报纸上暖气与毛毡的广告，使我在秋天临窗北望的时候，有着一种伤感的心情。

这种心情，恐怕是我们下一代的孩子永远也不会知道的吧！

清净之莲

偶尔在人行道上散步，忽然看到从街道延伸出去，在极远极远的地方，一轮夕阳正挂在街的尽头，这时我会想，如此美丽的夕阳实在是预示了一天即将落幕。

偶尔在某一条路上，见到木棉花叶落尽的枯枝，深褐色的孤独地站立在街边，有一种萧索的姿势，这时我会想，木棉又落了，人生看美丽木棉花的开放能有几回呢？

偶尔在路旁的咖啡座，看绿灯亮起，一位衣着素朴的老妇，牵着衣饰绚如春花的小孙女，匆匆地横过马路，这时我会想，那年老的老妇曾经也是花一般美丽的少女，而那少女则有一天会成为牵着孙女的老妇。

偶尔在路上的行人陆桥站住，俯视着在陆桥下川流不息、往四面八方奔窜的车流，却感觉到那样的奔驰仿佛是一个静止的画面，这时我会想，到底哪里是起点？而何处是终站呢？

偶尔回到家里，打开水龙头要洗手，看到喷涌而出的清水，急促地流淌，突然使我站在那里，有了深深的颤动，这时我想着：水龙头流出来的好像不是水，而是时间、心情，或者是一种思绪。

偶尔在乡间小道上，发现了一株被人遗忘的蝴蝶花，形状像极了凤凰花，却比凤凰花更典雅，我倾身闻着花香的时候，一朵蝴蝶花突然飘落下来，让我大吃一惊，这时我会想，这花是蝴蝶的幻影，或者蝴蝶是花的前身呢？

偶尔在静寂的夜里，听到邻人饲养的猫在屋顶上为情欲追逐，互相惨烈地嘶叫，让人的汗毛都为之竖立，这时我会想，动物的情欲是如此的粗糙，但如果我们站在比较细腻的高点来回观人类，人不也是那样粗糙的动物吗？

偶尔在山中的小池塘里，见到一朵红色的睡莲，从泥沼的浅地中昂然抽出，开出了一句美丽的音符，仿佛无视于外围的污浊。这时我会想：呀！呀！究竟要怎么样的历练，我们才能像这一朵清净之莲呢？

偶尔……

偶尔我们也是和别人相同地生活着，可是我们让自己的心平静如无波之湖，我们就能以明朗清澈的心情来照见这个无边的复杂的世界，在一切的优美、败坏、清明、污浊之中都找到智慧。我们如果是有智慧的人，一切烦恼都会带来觉悟，而一切小事都能使我们感知它的意义与价值。

在人间寻求智慧也不是那样难的。最重要的是，使我们自己的柔软的心，柔软到我们看到一朵花中的一片花瓣落下，都使我们动容颤抖，如悉它的意义。

唯其柔软，我们才能敏感；唯其柔软，我们才能包容；唯其柔软，我们才能精致；也唯其柔软，我们才能超拔自我，在受伤的时候甚至能包容我们的伤口。

柔软心是大悲心的芽苗，柔软心也是菩提心的种子，柔软心是我们在俗世中生活，还能时时感知自我清明的泉源。

那最美的花瓣是柔软的，那最绿的草原是柔软的，那最广大的海是柔软的，那无边的天空是柔软的，那在天空自在飞翔的云，最是柔软！

我们心的柔软，可以比花瓣更美，比草更绿，比海洋更广，比天空更无边，比云还要自在，柔软是最有力量，也是最恒常的。

且让我们在卑湿污泥的人间，开出柔软清净的智慧之莲吧！

月光下的喇叭手

冬夜寒凉的街心，我遇见一位喇叭手。

那时月亮很明，冷冷的月芒斜落在他的身躯上，他的影子诡异地往街边拉长出去。街很空旷，我自街口走去，他从望不见底的街头走来，我们原也会像路人一般擦身而过，可是不知道为什么，那条大街竟被他孤单落寞的影子紧紧塞满，容不得我们擦身。

霎时间，我觉得非常神秘，为什么一个平常人的影子在凌晨时仿佛一张网，塞得街都满了，我惊奇得不由自主地站定，定定地看着他缓缓走来，他的脚步零乱颠颠，像是有点醉了，他手中提的好像是一瓶酒，他一步一步逼近，在清冷的月光中我看清，他手中提的原来是一把伸缩喇叭。

我触电般一惊，他手中的伸缩喇叭的造型像极了一条被刺伤而惊怒的眼镜蛇，它的身躯盘卷扭曲，它充满了悲愤的两颊扁平地亢张，好像随时要吐出 fu——fu——的声音。

喇叭精亮的色泽也颓落成蛇身花纹一般，斑驳锈黄色的音管因为有许多伤痕而凹凹扭扭，缘着喇叭上去是握着喇叭的手，血管纠结，缘着手上去我便明白地看见了塞满整条街的老人的脸。他两鬓的白在

19

路灯下反射成点点星光，穿着一袭宝蓝色滚白边的制服，大盖帽也缩皱地没贴在他的头上，帽徽是一只振翅欲飞的老鹰；他真像一个打完仗的士兵，曳着一把流过许多血的军刀。

突然一阵汽车喇叭的声音，汽车从我的背后来，强猛的光使老人不得不举起喇叭护着眼睛。他放下喇叭时才看见站在路边的我，从干瘪的唇边迸出一丝善意的笑。

在凌晨的夜的小街，我们便那样相逢。

老人吐着冲天的酒气告诉我，他今天下午送完葬分到两百元，忍不住跑到小摊去灌了几瓶老酒，他说："几天没喝酒，骨头都软了。"他翻来翻去从裤口袋中找到一张百元大钞，"再去喝两杯，老弟！"他的语句中有一种神奇的口令似的魔力，我为了争取请那一场酒费了很大的力气，最后，老人粗声地欣然地答应，"就这么说定，俺陪你喝两杯，我吹首歌送你。"

我们走了很长的黑夜的道路，才找到隐没在街角的小摊，他把喇叭倒盖起来，喇叭粘贴在油污的桌子上，肥胖浑圆的店主人操一口广东口音，与老人的清瘦形成很强烈的对比。老人豪气地说："广东、山东，俺们是半个老乡哩！"店主惊奇笑问，老人说："都有个东字哩！"我在六十烛光的灯泡下笔直地注视老人，不知道为什么，竟在他平整的双眉跳脱出来几根特别灰白的长眉毛上，看出一点忧郁了。

十余年来，老人干上送葬的行列，用骊歌为永眠的人铺一条通往未知的道路，他用的是同一把伸缩喇叭，喇叭凹了、锈了，而在喇叭的凹锈中，不知道有多少生命被吹送了出去。老人诉说着不同的种种送葬仪式，他说到披麻衣的人群里每个人竟会有完全不同的情绪时，不觉笑了，"人到底免不了一死，喇叭一响，英雄豪杰都一样。"

我告诉老人，在我们乡下，送葬的喇叭手人称"罗汉脚"，他们时常蹲聚在榕树下磕牙，等待人死的讯息，老人点点头，"能抓住罗汉的脚也不错。"然后老人感喟在中国，送葬是一式一样的，大部分人一辈子没有听过音乐演奏，一直到死时才赢得一生努力的荣光，听一场音乐会。"有一天我也会死，我可是听多了。"

借着几分酒意，我和老人谈起他飘零的过去。

老人出生在山东的一个小县城里，家里有一片望不到边的大豆田，他年幼的时代便在大豆田中放风筝、捉田鼠，看春风吹来时，田边奔放出嫩油油的黄色小野花，天永远蓝得透明，风雪来时，他们围在温暖的小火炉边取暖，听着戴毡帽的老祖父一遍又一遍说着永无休止的故事。他的童年里有故事、有风声、有雪色、有贴在门楣上等待新年的红纸，有数不完的在三合屋围成的庭院中追逐不尽的笑语……

"二十四岁那年，俺在田里工作，一部军用卡车停在路边，两个中年汉子把我抓到车上，连锄头都来不及放下，俺害怕地哭着，车子往不知名的路上开走……他奶奶的！"老人在车的小窗中看他的故乡远去，远远地去了，那部车丢下他的童年、他的大豆田，还有他老祖父终于休止的故事。他的眼泪落在车板上，四周的人漠然地看着他，一直到他的眼泪流干；下了车，竟是一片大漠黄沙不复记忆。

他辗转到了海岛，天仍是蓝的，稻子从绿油油的茎中吐出他故乡嫩黄野花的金黄，他穿上戎装，荷枪东奔西走，找不到落脚的地方，"俺是想着故乡的哩！"渐渐的，连故乡都不敢想了，有时梦里活蹦乱跳地跳出故乡，他正在房间里要掀开新娘的盖头，锣声响鼓声闹，"俺以为这一回一定是真的，睁开眼睛还是假的，常常流一身冷汗。"

老人的故乡在酒杯里转来转去，他端起杯来一口仰尽一杯高粱。三十年过去了，"俺的儿子说不定娶媳妇了。"老人走的时候，他的妻正怀着六个月的身孕，烧好晚餐倚在门上等待他回家，他连一声再见都来不及对她说。老人酗酒的习惯便是在想念他的妻到不能自拔的时候养成的。三十年的戎马真是倥偬，故乡在枪眼中成为一个名词，那个名词简单，简单到没有任何一本书能说完，老人的书才掀开一页，一转身，书不见了，到处都是烽烟，泪眼苍茫。

当我告诉老人，我们是同乡时，他几乎泼翻凑在口上的酒汁，几乎是发疯一般地抓紧我的手，问到故乡的种种情状，"我连大豆田都没有看过。"老人松开手，长叹一声，因为醉酒，眼都红了。

"故乡真不是好东西，发愁不是好东西。"我说。

退伍的时候，老人想要找一个工作，他识不得字，只好到处打零工，有一个朋友告诉他，"去吹喇叭吧，很轻松，每天都有人死。"他于是每天拿只喇叭在乐队装着个样子，装着，装着，竟也会吹起一些离别伤愁的曲子。在连续不断的骊歌里，老人颤音的乡愁反而被消磨殆尽了。每天陪不同的人走进墓地，究竟是什么样一种滋味呢？老人说是酒的滋味，醉酒吐了一地的滋味，我不敢想。

我们都有些醉了，老人一路上吹着他的喇叭回家，那是凌晨三点至静的台北，偶尔有一辆急驶的汽车呼呼驰过，老人吹奏的骊歌变得特别悠长凄楚，喇叭哇哇的长音在空中流荡，流向一些不知道的虚空，声音在这时是多么无力，很快地被四面八方的夜风吹散，总有一丝要流到故乡去的吧！我想着，向老人借过伸缩喇叭，我也学他高高地把头仰起，喇叭说出一首年轻人正在流行的曲子：

我们隔着遥迢的山河

去看望祖国的土地

你用你的足迹

我用我游子的乡愁

你对我说

古老的中国没有乡愁

乡愁是给没有家的人

少年的中国也没有乡愁

乡愁是给不回家的人

老人非常喜欢那首曲子，然后他便在我们步行回他万华住处的路上用心地学着曲子，他的音对了，可是不是吹得太急，就是吹得太缓。我一句句对他解释了那首歌，那歌，竟好像是为我和老人写的，他听得出神，使我分不清他的足迹和我的乡愁。老人专注地不断地吹这首曲子，一次比一次温柔，充满感情，他的腮鼓动着，像一只老鸟在巢中无助地鼓动翅翼，声调却正像一首骊歌，等他停的时候，眼里赫然都是泪水，他说："用力太猛了，太猛了。"然后靠在我的肩上呜呜地哭起来。我却在老人的哭声中听到大豆田上呼呼的风声。

我也忘记我们后来怎么走到老人的家门口，他站直立正，万分慎重地对我说："我再吹一次这首歌，你唱，唱完了，我们就回家。"

唱到"古老的中国没有乡愁，乡愁是给没有家的人，少年的中国也没有乡愁，乡愁是给不回家的人"的时候，我的声音喑哑了，再也唱不下去，我们站在老人的家门口，竟是没有家一样地唱着骊歌，愈唱愈遥远。我们是真的喝醉了，醉到连想故乡都要掉泪。

老人的心中永远记得他掀开盖头的新娘的面容，而那新娘已是个鬓发飞霜的老太婆了，时光在一次一次的骊歌中走去，冷然无情地走去。

告别老人，我无助软弱地步行回家，我的酒这时全醒了，脑中充塞着中国近代史上一页沧桑的伤口，老人是那个伤口凝结成的疤，像吃剩的葡萄藤，五颜六色无助地掉落在万华的一条巷子里，他永远也说不清大豆和历史的关系，他永远也不知道老祖父的骊歌是哪一个乐团吹奏的。

故乡真的远了，故乡真的远了吗？

我一直在夜里走到天亮，看到一轮金光乱射的太阳从两幢大楼的夹缝中向天空蹦跃出来，有另一群老人穿着雪白的运动衫在路的一边做早操，到处是人从黎明起开始蠕动的姿势，到处是人们开门拉窗的声音，阳光从每一个窗子射进。

不知道为什么，我老是惦记着老人和他的喇叭，分手以后我再也没有见过他。每次在凌晨的夜里步行，老人的脸与泪便毫不留情地占据我。最坏的是，我醉酒的时候，总要唱起，"我们隔着遥迢的山河，去看望祖国的土地，你用你的足迹，我用我游子的乡愁，你对我说，古老的中国没有乡愁，乡愁是给没有家的人。"然后我知道，可能这一生再也看不到老人了。但是他被卡车载走以后的一段历史却成为我生命的刺青，一针一针地刺出我的血珠来。他的生命是伸缩喇叭凹凹扭扭的最后一个长音。在冬夜寒冷的街心，我遇见一位喇叭手，春天来了，他还是站在那个寒冷的街心，孤零零地站着，没有形状，却充塞了整条街。

用岁月在莲上写诗

那天路过台南县白河镇，就像暑天里突然饮了一盅冰凉的蜜水，又凉又甜。

白河小镇是一个让人吃惊的地方，它是本省最大的莲花种植地，在小巷里走，在田野上闲逛，都会在转折处看到一田田又大又美的莲花。那些经过细心栽培的莲花竟好似是天然生成，在大地的好风好景里毫无愧色，夏日里格外有一种欣悦的气息。

我去的时候正好是莲子收成的季节，种莲的人家都忙碌起来了，大人小孩全到莲田里去采莲子，对于我们这些只看过莲花美姿就叹息的人，永远也不知道种莲的人家是用怎么样的辛苦在维护一池莲，使它开花结实。

"夕阳斜，晚风飘，大家来唱采莲谣。红花艳，白花娇，扑面清风暑气消。你划桨，我撑篙，欸乃一声过小桥。船行快，歌声高，采得莲花乐陶陶。"我们童年唱过的《采莲谣》在白河好像一个梦境，因为种莲人家采的不是观赏的莲花，而是用来维持一家生活的莲子，莲田里也没有可以划桨撑篙的莲舫，而要一步一步踩在莲田的烂泥里。

采莲的时间是清晨太阳刚出来或者黄昏日头要落山的时分，一个

25

个采莲人背起了竹篓，戴上了斗笠，涉入浅浅的泥巴里，把已经成熟的莲蓬一朵朵摘下来，放在竹篓里。

采回来的莲蓬先挖出里面的莲子，莲子外面有一层粗壳，要用小刀一粒一粒剥开，晶莹洁白的莲子就滚了一地。莲子剥好后，还要用细针把莲子里的莲心挑出来，这些靠的全是灵巧的手工，一粒也偷懒不得，所以全家老小都加入了工作。空的莲蓬可以卖给中药铺，还可以挂起来装饰；洁白的莲子可以煮莲子汤，做许多可口的菜肴；苦的莲心则能煮苦茶，既降火又提神。

我在白河镇看莲花的子民工作了一天，不知道为什么总是觉得种莲的人就像莲子一样，表面上莲花是美的，莲田的景观是所有作物中最美丽的景观，可是他们工作的辛劳和莲心一样，是苦的。采莲的季节在端午节到九月的夏秋之交，等莲子采收完毕，接下来就要挖土里的莲藕了。

莲田其实是一片污泥，采莲的人要防备田里游来游去的吸血水蛭，莲花的梗则长满了刺。我看到每一位采莲人的裤子都被这些密刺划得千疮百孔，有时候还被刮出一条条血痕，可见依靠美丽的莲花生活也不是简单的事。

小孩子把莲叶卷成杯状，捧着莲子在莲田埂上跑来跑去，才让我感知，再辛苦的收获也有快乐的一面。

莲花其实就是荷花，在还没有开花前叫"荷"，开花结果后就叫"莲"。我总觉得两种名称有不同的意义：荷花的感觉是天真纯情，好像一个洁净无瑕的少女，莲花则是宝相庄严，仿佛是即将生产的少妇。荷花是宜于观赏的，是诗人和艺术家的朋友；莲花带了一点生活的辛酸，是种莲人生活的依靠。想起多年来我对莲花的无知，只喜欢在远远的高处看莲、想莲；却从来没有走进真正的莲花世界，看莲田背后生活的悲欢，不禁感到愧疚。

谁知道一朵莲蓬里的三十个莲子，是多少血汗的灌溉？谁知道夏日里一碗冰冻的莲子汤是农民多久的辛劳？

我陪着一位种莲的人在他的莲田梭巡，看他走在占地一甲的莲田边，娓娓向我诉说一朵莲要如何下种、如何灌溉、如何长大、如何采收、如何避过风灾，等待明年的收成时，觉得人世里一件最平凡的事物也许是我们永远难以知悉的，即使微小如莲子，都有一套生命的大学问。

我站在莲田上，看日光照射着莲田，想起"留得残荷听雨声"恐怕是莲民难以享受的境界，因为荷残的时候，他们又要下种了。田中的莲叶坐着结成一片，站着也叠成一片，在田里交缠不清。我们用一些空虚清灵的诗歌来歌颂莲叶荷田的美，永远也不及种莲的人用他们的岁月和血汗在莲叶上写诗吧！

在细微的爱里

苏东坡有一首五言诗，我非常喜欢：

钩帘归乳燕，穴纸出痴蝇。

为鼠常留饭，怜蛾不点灯。

对才华盖世的苏东坡来说，这算是他的最简单的诗，一点也不稀奇。但是读到这首诗时，却使我的心深深颤动，因为隐在这首简单诗句背后的是一颗伟大细致的心灵。

钩着不敢放下的窗帘，是为了让乳燕能归来。看到冲撞窗户的愚痴苍蝇，赶紧打开窗门让它出去吧！

担心家里的老鼠没有东西吃，时常为它们留一点饭菜。夜里不点灯，是爱惜飞蛾的生命呀！

诗人那个时代的生活我们已经不再有了，因为我们家里不再有乳燕、痴蝇、老鼠、飞蛾了，但是诗人的心境我们却能体会得到，他用一种非常细微的爱来观察万物，在他的眼里，看见了乳燕回巢的欢喜，看见了痴蝇被困的着急，看见了老鼠觅食的心情，也看见了飞蛾无知扑火的苦痛。

我们有很多人，对施恩给我们的还不知感念，对于苦痛生活在我们身边的人不予给予，甚至对于人间的欢喜悲辛一无所知，当然也不能体会其他众生的心情。比起这首诗，我们是多么粗鄙啊！

不能进入微细的爱里的人，不只是粗鄙，他也一定不能品味比较高层次的心灵之爱，他只能过着平凡单调的日子，更无法在生命中找到一些非凡之美。

我们如果只是对人的情爱有关怀，却不知道日落日升也有呼吸，不知道虫蚁鸟兽也有欢歌与哀伤，不知道云里风里也有远方的消息，不知道路边走过的每一只狗都有乞求或怒怨的眼神，甚至不知道无声里也有千言万语……那么我们就不能成为一个圆满的人。

我想起一首杜牧的诗，可以和苏轼这首诗相配，他这样写着：

> 已落双雕血尚新，鸣鞭走马又翻身。
>
> 凭君莫射南来雁，恐有家书寄远人。

秋天的心

　　我喜欢《唐子西语录》中的两句诗，"山僧不解数甲子，一叶落知天下秋。"这是说山上的和尚不知道如何计算甲子日历，只知道观察自然，看到一片树叶落下就知道天下都已是秋天了。从前读贾岛的诗，有"秋风吹渭水，落叶满长安"之句，对秋天萧瑟的景象颇有感触，但说到气派悠闲，就不如"一叶落知天下秋"了。

　　现代都市人正好相反，可以说是"落叶满天不知秋，世人只会数甲子"。对现代人而言，时间观念只剩下日历，有时日历犹不足以形容，而是只剩下钟表了。谁会去管是什么日子呢？三百多年前，当汉人到台湾来垦殖移民的时候，发现台湾的平埔族山胞非但没有日历，甚至没有年岁，不能分辨四时，而是以山上的刺桐花开为一年，过着逍遥自在的生活。初到的汉人想当然地感慨其"文化"落后，逐渐同化了平埔族。到今天，平埔族快要成为历史名词，他们有了年岁，知道四时，可是平埔族后裔有很多已经不知道什么是刺桐花了。

　　对岁月的感知变化由立体到平面可以如此迅速，怎不让人兴叹？以现代人为例，在农业社会还深刻知道天气、岁时、植物、种作等等变化是和人密切结合的。但是，商业形态改变了我们，春天是朝九晚五，冬天也是朝九晚五；晴天和雨天已经没有任何差别了。这虽使人离开了"看天吃饭"的阴影，却也多少让人失去了感时忧国的情怀和胸怀天下的襟抱了。

记得住在乡下的时候，大厅墙壁上总挂着一册农民历，大人要办事，大至播种耕耘、搬家嫁娶，小至安床沐浴、立券交易都会去看农民历。因此到了年尾，一本农民历差不多翻烂了，使我从小对农民历书就有一种特别亲切的感情。一直到现在，我还保持着看农民历的习惯，觉得读农民历是快乐的事。就看秋天吧，从立秋、处暑、白露到秋分、寒露、霜降，都是美极了。那清晨田野中白色的露珠，黄昏林园里清黄的落叶，不都是在说秋天吗？所以，虽然时光不再，我们都不应该失去农民那种在自然中安身立命的心情。

城市不是没有秋天，如果我们静下心来就会知道，本来从东南方吹来的风，现在转到北方了；早晚气候的寒凉，就如同北地里的霜降；早晨的旭日与黄昏的彩霞，都与春天时大有不同了。变化最大的是天空和云彩，在夏日明亮的天空，渐渐地加深蓝色的调子，云更高、更白，飘动的时候仿佛带着轻微的风。每天我走到阳台抬头看天空，知道这是真正的秋天，是童年田园记忆中的那个秋天，是平埔族刺桐花开的那个秋天，也是唐朝山僧在山上见到落叶的同一个秋天。

若能感知天下，能与落叶飞花同呼吸，能保有在自然中谦卑的心情，就是住在最热闹的城市，秋天也不会远去；如果眼里只有手表、金钱、工作，即使在路上被落叶击中，也见不到秋天的美。

秋天的美多少带点萧瑟之意，就像宋人吴文英写的词"何处合成愁，离人心上秋"，一般人认为秋天的心情会有些愁恼肃杀。其实，秋天是禾熟的季节，何尝没有清朗圆满的启示呢？

我也喜欢韦应物一首秋天的诗，"今朝郡斋冷，忽念山中客。涧底束荆薪，归来煮白石。欲持一瓢酒，远慰风雨夕。落叶满空山，何处寻行迹？"

在这风云滔滔的人世，就是秋天如此美丽清明的季节，要在空山的落叶中寻找朋友的足迹是多么困难！但是，即使在红砖道上，淹没在人潮车流之中，要找自己的足迹，更是艰辛呀！

随风吹笛

远远的地方吹过来一股凉风。

风里夹着呼呼的响声。

侧耳仔细听，那像是某一种音乐，我分析了很久，确定那是笛子的声音，因为箫的声音没有那么清晰，也没有那么高扬。

由于来得遥远，使我对自己的判断感到怀疑；有什么人的笛声可以穿透广大的平野，而且天上还有雨，它还能穿过雨声，在四野里扩散呢？笛的声音好像没有那么悠长，何况只有简单的几种节奏。

我站的地方是一片乡下的农田，左右两面是延展到远处的稻田，我的后面是一座山，前方是一片麻竹林。音乐显然是来自麻竹林，而后面的远方仿佛也在回响。

竹林里是不是有人家呢？小时候我觉得所有的林子，竹林是最神秘的，尤其是那些历史悠远的竹林。因为所有的树林再密，阳光总可以毫无困难地穿透，唯有竹林的密叶，有时连阳光也无能为力；再大的树林也有规则，人能在其间自由行走，唯有某些竹林是毫无规则的，有时走进其间就迷途了。因此自幼，父亲就告诉我们"逢竹林莫入"的道理，何况有的竹林中是有乱刺的，像刺竹林。

这样想着，使我本来要走进竹林的脚步又迟疑了，在稻田的田埂上坐下来，独自听那一段音乐。我看着天色尚早，离竹林大约有两里路，遂决定到竹林里去走一遭——我想，有音乐的地方一定是安全的。

等我站在竹林前面时，整个人被天风海雨似的音乐震慑了，它像一片乐海，波涛汹涌、声威远大，那不是人间的音乐，竹林中也没有人家。

竹子本身就是乐器，风是指挥家，竹子和竹叶的关系便是演奏者。我研究了很久才发现，原来竹子洒过了小雨，上面有着水渍，互相摩擦便发生尖利如笛子的声音。而上面满天摇动的竹叶间隙，即使有雨，也阻不住风，发出许多细细的声音，配合着竹子的笛声。

每个人都会感动于自然的声音，譬如夏夜里的蛙虫鸣唱，春晨雀鸟的跃飞歌唱，甚至刮风天里滔天海浪的交响。凡是自然的声音没有不令我们赞叹的，每年到冬春之交，我在寂静的夜里听到远处的春雷乍响，心里总有一种喜悦的颤动。

我有一个朋友，偏爱蝉的歌唱。孟夏的时候，他常常在山中独坐一日，为的是要听蝉声，有一次他送我一卷录音带，是在花莲山中录的蝉声。送我的时候已经冬天了，我在寒夜里放着录音带，一时万蝉齐鸣，使冷漠的屋宇像是有无数的蝉在盘飞对唱，那种惊艳的美，有时不逊于在山中听蝉。

后来我也喜欢录下自然的声籁，像是溪水流动的声音，山风吹拂的声音，有一回我放着一卷写明《溪水》的录音带，在溪水琮琤之间，突然有两声山鸟长鸣的锐音，盈耳绕梁，久久不灭，就像人在平静的时刻想到往日的欢愉，突然失声发出欢欣的感叹。

但是我听过许多自然之声，总没有这一次在竹林里感受到那么深刻的声音。原来在自然里所有的声音都是独奏，再美的声音也仅弹动我们的心弦，可是竹林的交响整个包围了我，像是百人的交响乐团刚开始演奏的第一个紧密响动的音符，那时候我才真正知道，为什么中国许多乐器都是竹子制成的，因为没有一种自然的植物能发出像竹子那样清脆、悠远、绵长的声音。

可惜的是，我并没能录下竹子的声音，后来我去了几次，不是无雨，就是无风，或者有风有雨却不像原来配合得那么好。我了解到，原来要听上好的自然声音仍是要有福分的，它的变化无穷，是每一刻全不相同，如果没有风，竹子只是竹子，有了风，竹子才变成音乐，而有风有雨，正好能让竹子摩擦生籁，竹子才成为交响乐。

失去对自然声音感悟的人是最可悲的，当有人说"风景美得像一幅画"时，境界便低了，因为画是静的，自然的风景是活的、动的；而除了目视，自然还提供各种声音，这种双重的组合才使自然超拔出人所能创造的境界。世上有无数艺术家，全是从自然中吸取灵感，但再好的艺术家，总无法完全捕捉自然的魂魄，因为自然是有声音有画面的，还是活的，时刻都在变化的，这些全是艺术达不到的境界。

最重要的是，再好的艺术一定有个结局。自然是没有结局的，明白了这一点，艺术家就难免兴起"念天地之悠悠，独怆然而涕下"的寂寞之感。人能绘下长江万里图令人动容，但永远不如长江的真情实景令人感动；人能录下蝉的鸣唱，但永远不能代替看美丽的蝉在树梢唱出动人的歌声。

那一天，我在竹林里听到竹子随风吹笛，竟忘记了时间的流逝，等我走出竹林，夕阳已徘徊在山谷。雨已经停了，我却好像经过一场心灵的沐浴，把尘俗都洗去了。

我感觉到，只要有自然，人就没有自暴自弃的理由。

第二辑　白雪少年

白雪少年

　　小学时代使用的一本字典，被母亲细心地保存了十几年，最近才从母亲的红木书柜里找到。那本字典被小时候粗心的手指扯掉了许多页，大概是拿去折纸船或飞机了，现在在怎么回想都记不起来，由于有那样的残缺，更使我感觉到一种任性的温暖。

　　更惊奇的发现是，在翻阅这本字典时，找到一张已经变了颜色的"白雪公主泡泡糖"的包装纸，那是一张长条的鲜黄色纸，上面用细线印了一个白雪公主的面相，于今看起来，公主的图样已经有一点粗糙简陋了。至于如何会将白雪公主泡泡糖的包装纸夹在字典里，更是无从回忆。

　　到底是在上国语课时偷偷吃泡泡糖夹进去的？是夜晚在家里温书吃泡泡糖夹进去的？还是有意保存了这张包装纸呢？翻遍国语字典也找不到答案。记忆仿佛自时空遁去，渺无痕迹了。唯一记得的倒是那一种旧时乡间十分流行的泡泡糖，是粉红色长方形十分粗大的一块，一块五毛钱。对于长在乡间的小孩子，那时的五毛钱非常昂贵，是两天的零用钱，常常要咬紧牙根才买来一块，一嚼就是一整天，吃饭的时候把它吐在玻璃纸上包起，等吃过饭再放到口里嚼。

父亲看到我们那么不舍得一块泡泡糖，常生气地说："那泡泡糖是用脚踏车坏掉的轮胎做成的，还嚼得那么带劲！"记得我还傻气地问过父亲："是用脚踏车轮胎做的？怪不得那么贵！"惹得全家人笑得喷饭。

　　说是"白雪公主泡泡糖"，应该是可以吹出很大气泡的，却不尽然。吃那泡泡糖多少靠运气，记得能吹出气泡的大概五块里才有一块，许多是硬到吹弹不动，更多的是嚼起来不能结成固体，弄得一嘴糖沫，赶紧吐掉，坐着伤心半天。我手里的这一张可能是一块能吹出大气泡的包装纸，否则怎么会小心翼翼地拿来做纪念呢？

　　我小时候并不是很乖巧的那种孩子，常常为着要不到两毛的零用钱就赖在地上打滚，然后一边打滚一边偷看母亲的脸色，直到母亲被我搞烦了，拿到零用钱，我才欢天喜地地跑到街上去，或者就这样跑去买了一个白雪公主，然后就嚼到天黑。

　　长大以后，再也没有在店里看过"白雪公主泡泡糖"，都是细致而包装精美的一片一片的"口香糖"；每一片都能嚼成形，每一片都能吹出气泡，反而没有像幼年一样能体会到买泡泡糖靠运气的心情。偶尔看到口香糖，还会想起童年，想起嚼白雪公主的滋味，但也总是一闪即逝，了无踪迹。直到看到国语字典中的包装纸，才坐下来顶认真地想起白雪公主泡泡糖的种种。

　　如果现在还有那样的工厂，恐怕不再是用脚踏车轮制造，可能是用飞机轮子了——我这样游戏地想着。

　　那一本母亲珍藏十几年的国语字典，薄薄的一本，里面缺页的缺页、涂抹的涂抹，对我已毫无用处，只剩下纪念的价值。那一张泡泡糖的包装纸，整整齐齐，毫无毁损，却宝藏了一段十分快乐的记忆；使我想起真如白雪一样无瑕的少年岁月，因为它那样白，那样纯净，几乎所有的事物都可以涵容。

那些岁月虽在我们的流年中消逝，但借着非常微小的事物，往往一勾就是一大片，仿佛是草原里的小红花，先是看到了那朵红花，然后发现了一整片大草原，红花可能凋落，而草原却成为一个大的背景，我们就在那背景里成长起来。

那朵红花不只是白雪公主泡泡糖，可能是深夜里巷底按摩人的悠长的笛声，可能是收破铜烂铁老人沙哑的叫声，也可能是夏天里卖冰淇淋小贩的喇叭声，有一回我重读小学时看过的《少年维特的烦恼》，书里就曾夹着用歪扭字体写成的纸片，只有七个字，"多么可怜的维特！"其实当时我哪里知道歌德，只是那七个字，让我童年伏案的身影整个显露出来，那身影可能和维特是一样纯情的。

有时候我不免后悔童年留下的资料太少，常想："早知道，我不会把所有的笔记簿都卖给收破烂的老人。"可是如果早知道，我就不是纯净如白雪的少年，而是一个多虑的少年了。那么丰富的资料原也不宜留录下来，只宜在记忆里沉潜，在雪泥中找到鸿爪，或者从鸿爪体会那一片雪。这样想时，我就特别感恩着母亲。因为在我无知的岁月里，她比我更珍视我所拥有过的童年，在她的照相簿里，甚至还有我穿开裆裤的照片。那时只有父母有记忆，对于我是完全茫然了，就像我虽拥有白雪公主泡泡糖的包装纸，那块糖已完全消失，只留下一点甜意——那甜意竟也有赖母亲爱的保存。

红心番薯

　　看我吃完两个红心番薯，父亲才放心地起身离去，走的时候还落寞地说："为什么不找个有土地的房子呢？"

　　这次父亲北来，是因为家里的红心番薯收成，特地背了一袋给我，还挑选几个格外好的，希望我种在庭前的院子。他万万没有想到，我早已从郊外的平房搬到城中的大厦，根本是容不下绿色的地方，甚至长不出一株狗尾草，不要说番薯了。

　　到车站接了父亲回到家里，我无法形容父亲的表情有多么近乎无望。他在屋内转了三圈，才放下提着的麻袋，愤愤地说："伊娘咧！你竟住在这无土的所在！"一个人住在脚踏不到泥土的地方，父亲竟不能忍受，也是我看到他的表情才知道的。然后他的愤愤转成喃喃："你住在这种上不着天下不着地的所在，我带来的番薯要种在哪里？要种在哪里？"

　　父亲对番薯的感情，也是这两年我才深切知道的。

　　那是有一次我站在旧家前，看着河堤延伸过来的菅芒花，在微凉的秋风中摇动着，那些遍地蔓生的菅芒长得有一人高，我看到较近的菅芒摇动得特别厉害，凝神注视，才突然看到父亲走在那一片菅芒里，我大吃一惊。原来父亲的头发和秋天灰白的菅芒花是同一个颜色，他在遍生菅芒的野地里走了几百公尺，我竟未能看见。

那时我站在家前的番薯田里，父亲来到我的面前，微笑地问："在看番薯吗？你看长得像羊头一样大了哩！"说着，他蹲下来很细心地拨开泥土，捧出一个精壮圆实的番薯来，以一种赞叹的神情注视着番薯。我带着未能在菅芒花中看见父亲身影的愧疚心情，与他面对面蹲着。父亲突然像儿童般天真欢愉地叹了一口气，很自得地说："你看，恐怕没有人把番薯种得比我好了。"然后他小心翼翼把那个番薯埋入土中，动作像在收藏一件艺术品，神情庄重而带着收获的欢愉。

父亲的神情使我想起幼年有关于番薯的一些记忆。有一次我和几位外省的小孩子吵架，他们一直骂着："番薯呀！番薯呀！"我们就回骂："老芋呀！老芋呀！"

对这两个名词我是疑惑的，回家询问了父亲。那天他喝了几杯老酒，神情甚为愉快，他打开一张老旧的地图，指着台湾的那一部分说："台湾的样子真是像极了红心的番薯，你们是这番薯的子弟呀！"而无知的我便指着北方广大的大陆说："那，这大陆的形状就是一个大的芋头了，所以外省人是芋仔的子弟？"父亲大笑起来，抚着我的头说："憨团仔，我们也是唐山来的，只是来得比较早而已。"

然后他用一支红笔，从我们遥远的北方故乡有力地画下来，牵连到我们所居的台湾南部。那是第一次在十烛光的灯泡下，我认识到，芋头与番薯原来是极其相似的植物，并不是我们想象中那么判然有别的。也第一次知道，原来在东北会落雪的故乡，也遍生着红心的番薯！

我更早的记忆，是从我会吃饭开始的。家里每次收成番薯，总是保留一部分填置在木板的眠床底下。我们的每餐饭中一定煮了三分之一的番薯，早晨的稀饭里也放了番薯签，有时吃腻了，我就抱怨起来。

听完我的抱怨，父亲就激动地说起他少年的往事。他们那时为了躲警报，常常在防空壕里一窝就是一整天。所以祖母每每把番薯煮好放着，一旦警报声响，父亲的九个兄弟姊妹就每人抱两三个番薯直奔防空壕，一边啃番薯，一边听飞机和炮弹在四处交响。他的结论常常是："那时候有番薯吃，已经是天大的幸福了。"他一说完这个故事，我们只好默然地把番薯扒到嘴里去。

父亲的番薯训诫并不是都如此严肃，偶尔也会说起战前在日本人的小学堂中放屁的事。由于吃多了番薯，屁有时是忍耐不住的，当时吃番薯又是一般家庭所不能免，父亲形容说："因此一进了教室往往是战云密布，不时传来屁声。"而他说放屁是会传染的，常常一呼百诺，万众皆响。有一回屁得太厉害，全班被日本老师罚跪在窗前，即使跪着，屁声仍然不断。父亲顽笑地说："经过跪的姿势，屁声好像更响了。"他说这些的时候，我们通常就吃番薯吃得比较甘心，放起屁来也不以为忤了。

然后是一阵战乱，父亲到南洋打了几年仗，在丛林之中，时常从睡梦中把他唤醒，时常让他在思乡时候落泪的，不是别的珍宝，只是普普通通的红心番薯。它烤炙过的香味，穿过数年的烽火，在万金家书也不能抵达的南洋，温暖了一位年轻战士的心，并呼唤他平安地回到家乡。他有时想到番薯的香味，一张像极番薯形状的台湾地图就清楚浮现，思绪接着往南方移动，再来的图像便是温暖的家园，还有宽广无边结满黄金稻穗的大平原……

战后返回家乡，父亲的第一件事便是在家前家后种满了番薯，日后遂成为我们家的传统。家前种的是白瓤番薯，粗大壮实，一个可以长到十斤以上；屋后一小片园地是红心番薯，一串一串的果实，细小而甜美。白瓤番薯是为了预防战争逃难而准备的，红心番薯则是父亲南洋梦里的乡思。

　　每年父亲从南洋归来的纪念日，夜里的一餐我们通常不吃饭，只吃红心番薯，听着父亲诉说战争的种种，那是我农夫父亲的忧患意识。他总是记得饥饿的年代，番薯是可以饱腹的，如今回想起来，一家人围着小灯食薯，那种景况我在凡·高的名画《食薯者》中几乎看见。在沉默中，是庄严而肃穆的。

　　在这个近百年来中国最富裕的此时此地，父亲的忧患想来恍若一个神话。大部分人永远不知有枪声，只有极少数经过战争的人，在他们的心底有一段番薯的岁月，那岁月里永远有枪声时起时落。

　　由于有那样的童年，日后我在各地旅行的时候，便格外留心番薯的踪迹。我发现在我们所居的这张番薯形状的地图上，从最北角到最南端，从山坡上干瘠的石头地到河岸边肥沃的沙埔，番薯都能够坚强地不经由任何肥料与农药而向四方生长，并结出丰硕的果实。

　　有一次，我在澎湖人已经迁徙的无人岛上，看到人所耕种的植物都被野草吞灭了，只有遍生的番薯还和野草争着方寸，在无情的海风烈日下开出一片淡红的晨曦颜色的花，而且在最深的土里，各自紧紧握着拳头。那时我知道在人所种植的作物之中，番薯是最强悍的。

　　这样想着，幼年家前家后的番薯花突然在脑中闪现，番薯花的形状和颜色都像牵牛花，唯一不同的是，牵牛花不论在篱笆上，在阴湿的沟边，都是抬头挺胸，仿佛要探知人世的风景；番薯花则通常是卑微地依着土地，好像在嗅着泥土的芳香。在夕阳将下之际，牵牛花开始萎落，而那时的番薯花却开得正美，淡红夕云一样的色泽，染满了整片土地。

　　正如父亲常说，世界上没有一种植物比得上番薯，它从头到脚都有用，连花也是美的。现在台北最干净的菜场也卖有番薯叶子的青菜，价钱还颇不便宜。有谁想到这在乡间是最卑贱的菜，是逃难的时候才吃的？

在我居住的地方，巷口本来有一位卖糖番薯的老人，一个滚圆的大铁锅，挂满了糖渍过的番薯，开锅的时候，一缕扑鼻的香味由四面扬散出来，那些番薯是去皮的，长得很细小，却总像记录着什么心底的珍藏。有时候我向老人买一个番薯，散步回来时一边吃着，那蜜一样的滋味进了腹中，却有一点酸苦，因为老人的脸总使我想起在烽烟奔走过的风霜。

老人是离乱中幸存的老兵，家乡在山东偏远的小县城。有一回我们为了地瓜问题争辩起来，老人坚持台湾的红心番薯如何也比不上他家乡的红瓤地瓜，他的理由是："台湾多雨水，地瓜哪有俺的家乡甜？俺家乡的地瓜真是甜得像蜜的！"老人说话的神情好像当时他已回到家乡，站在地瓜田里。看着他的神情，使我想起父亲和他的南洋，他在烽火中的梦，我真正知道，番薯虽然卑微，它却联结着乡愁的土地，永远在乡思的天地里吐露新芽。

父亲送我的红心番薯过了许久，有些要发芽的样子，我突然想起在巷口卖糖番薯的老人，便提去巷口送他，没想到老人改行卖牛肉面了，我说："你为什么不卖地瓜呢？"老人愕然地说："唉！这年头，人连米饭都不肯吃了，谁来买俺的地瓜呢？"我无奈地提着番薯回家，把番薯袋子丢在地上，一个番薯从袋口跳出来，破了，露出其中的鲜红血肉。这些无知的番薯，为何经过卅年，心还是红的！不肯改一点颜色？

老人和父亲生长在不同背景的同一个年代，他们在颠沛流离的大时代里，只是渺小而微不足道的人，可能只有那破了皮的红心番薯才能记录他们心里的颜色；那颜色如清晨的番薯花，在晨曦掩映的云彩中，曾经欣欣茂盛过，曾经以卑微的球根累累互相拥抱、互相温暖。他们之所以能卑微地活过人世的烽火，是因为在心底的深处有着故乡的骄傲。

站在阳台上，我看到父亲去年给我的红心番薯，我任意种在花盆中，放在阳台的花架上，如今，它的绿叶已经长到磨石子地上，甚至有的伸出阳台的栏杆，仿佛在找寻什么。每一丛红心番薯的小叶下都长出根的触须，在石地板久了，有点萎缩而干枯了。那小小的红心番薯竟是在找寻它熟悉的土地吧！因为土地，我想起父亲在田中耕种的背影，那背影的远处，是他从菅芒花丛中远远走来，到很近的地方，花白的发，冒出了菅芒。为什么番薯的心还红着，父亲的发竟白了。

在我十岁那年，父亲首次带我到都市来，我们行经一片被拆除公寓的工地，工地堆满了砖块和沙石；父亲在堆置的砖块缝中，一眼就辨认出几片番薯叶子，我们循着叶子的茎络，终于找到一株几乎被完全掩埋的根，父亲说："你看看这番薯，根上只要有土，它就可以长出来。"然后他没有再说什么，执起我的手，走路去饭店参加堂哥隆重的婚礼。

如今我细想起来，那一株被埋在建筑工地的番薯，是有着逃难的身世，由于它的脚在泥土上，苦难也无法掩埋它，比起这些种在花盆中的番薯，它有着另外的命运和不同的幸福。就像我们远离了百年的战乱，住在看起来隐秘而安全的大楼里，却有了失去泥土的悲哀——伊娘咧！你竟住在这无土的所在。

星空夜静，我站在阳台上仔细端凝盆中的红心番薯，发现它吸收了夜的露水，在细瘦的叶片上，片片冒出了水珠，每一片叶都沉默小心地呼吸着。那时，我几乎听到了一个有泥土的大时代，上一代人的狂歌与低吟都埋在那小小的花盆，只有静夜的敏感才能听见。

父亲的微笑

父亲躺在医院的加护病房里，还殷殷地叮嘱母亲不要通知远地的我，因为他怕我在台北工作担心他的病情。还是母亲偷偷叫弟弟来通知我，我才知道父亲住院的消息。

这是典型的父亲的个性，他是不论什么事总是先为我们着想，至于他自己，倒是很少注意。我记得在很小的时候，有一次父亲到凤山去开会，开完会他到市场去吃了一碗肉羹，觉得是很少吃到的美味，他马上想到我们，先到市场去买了一个新锅，买了一大锅肉羹回家。当时的交通不发达，车子颠簸得厉害，回到家时肉羹已冷，且溢出了许多，我们吃的时候已经没有父亲形容的那种美味。可是我吃肉羹时心血沸腾，特别感到那肉羹是人生难得，因为那里面有父亲的爱。

在外人的眼中，我的父亲是粗犷豪放的汉子，只有我们做子女的知道他心里极为细腻的一面。提肉羹回家只是一端，他不管到什么地方，有好的东西一定带回给我们，所以我童年时代，父亲每次出差回来，总是我们最高兴的时候。

他对母亲也非常的体贴，在记忆里，父亲总是每天清早就到市场去买菜，在家用方面也从不让母亲操心。这三十年来我们家都是

48

由父亲上菜场，一个受过日式教育的男人，能够这样内外兼顾是很少见的。

父亲是影响我最深的人。父亲的青壮年时代虽然受过不少打击和挫折，但我从来没有看过父亲忧愁的样子。他是一个永远向前的乐观主义者，再坏的环境也不皱一下眉头，这一点深深地影响了我，我的乐观与韧性大部分得自父亲的身教。父亲也是个理想主义者，这种理想主义表现在他对生活与生命的尽力，他常说："事情总有成功和失败两面，但我们总是要往成功的那个方向走。"

由于他的乐观和理想主义，使他成为一个温暖如火的人，只要有他在就没有不能解决的事，就使我们对未来充满了希望。他也是个风趣的人，再坏的情况下，他也喜欢说笑，他从来不把痛苦给人，只为别人带来笑声。

小时候，父亲常带我和哥哥到田里工作，透过这些工作，启发了我们的智慧。例如我们家种竹笋，在我没有上学之前，父亲就曾仔细地教我怎么去挖竹笋，怎么看土地的裂痕，才能挖到没有出青的竹笋。二十年后，我到竹山去采访笋农，曾在竹笋田里表演了一手，使得竹农大为佩服。其实我已二十年没有挖过笋，却还记得父亲教给我的方法，可见父亲的教育对我影响多么大。

也由于是农夫，父亲从小教我们农夫的本事，并且认为什么事都应从农夫的观点出发。像我后来从事写作，刚开始的时候，父亲就常说："写作也像耕田一样，只要你天天下田，就没有不收成的。"他也常叫我不要写政治文章，他说："不是政治性格的人去写政治文章，就像种稻子的人去种槟榔一样，不但种不好，而且常会从槟榔树上摔下来。"他常教我多写些于人有益的文章，少批评骂人，他说："对人有益的文章是灌溉施肥，批评的文章是放火烧山；灌溉施肥是人可以控制的，放火烧山则常常失去控制，伤害生灵而不自知。"他叫我做创作者，不要做理论家，他说："创作者是农夫，理论家是农会的人。农夫只管耕耘，农会的人则为了理论常会牺牲农夫的利益。"

父亲的话中含有至理，但他生平并没有写过一篇文章。他是用农夫的观点来看文章，每次都是一语中的，意味深长。

有一回我面临了创作上的瓶颈，回乡去休息，并且把我的苦恼说给父亲听。他笑着说："你的苦恼也是我的苦恼，今年香蕉收成很差，我正在想明年还要不要种香蕉，你看，我是种好呢？还是不种好？"我说："你种了四十多年的香蕉，当然还要继续种呀！"

他说："你写了这么多年，为什么不继续呢？年景不会永远坏的。""假如每个人写文章写不出来就不写了，那么，天下还有大作家吗？"

我自以为比别的作家用功一些，主要是因为我生长在世代务农的家庭。我常想：世上没有不辛劳的农人，我是在农家长大的，为什么不能像农人那么辛劳？最好当然是像父亲一样，能终日辛劳，还能利他无我，这是我写了十几年文章时常反躬自省的。

母亲常说父亲是劳碌命，平日总闲不下来，一直到这几年身体差了还常往外跑，不肯待在家里好好地休息。父亲最热心于乡里的事，每回拜拜他总是拿头旗、做炉主，现在还是家乡清云寺的主任委员。他是那一种有福不肯独享，有难愿意同当的人。他年轻时身强体壮，力大无穷，每天挑两百斤的香蕉来回几十趟还轻松自在。我最记得他的脚大得像船一样，两手推开时像两个扇面。一直到我上初中的时候，他一手把我提起还像提一只小鸡，可是也是这样棒的身体害了他，他饮酒总不知节制，每次喝酒一定把桌底都摆满酒瓶才肯下桌，喝一打啤酒对他来说是小事一桩，就这样把他的身体喝垮了。

在六十岁以前，父亲从未进过医院，这三年来却数度住院，虽然个性还是一样乐观，身体却不像从前硬朗了。这几年来如果说我有什么事放心不下，那就是操心父亲的健康，看到父亲一天天消瘦下去，真是令人心痛难言。

父亲有五个孩子，这里面我和父亲相处的时间最少，原因是我离家最早，工作最远。我十五岁就离开家乡到台南求学，后来到了台北，工作也在台北，每年回家的次数非常有限。近几年结婚生子，工作更加忙碌，一年更难得回家两趟，有时颇为自己不能孝养父亲感到无限愧疚。父亲很知道我的想法，有一次他说："你在外面只要向上，做个有益社会的人，就算是有孝了。"

母亲和父亲一样，从来不要求我们什么，她是典型的农村妇女，一切荣耀归给丈夫，一切奉献都给子女，比起他们的伟大，我常觉得自己的渺小。

我后来从事报道文学，在各地的乡下人物里，常找到父亲和母亲的影子，他们是那样平凡、那样坚强，又那样的伟大。我后来的写作里时常引用村野百姓的话，很少引用博士学者的宏论，因为他们是用生命和生活来体验智慧，从他们身上，我看到了最伟大的情操，以及文章里最动人的素质。

我常说我是最幸福的人，这种幸福是因为我童年时代有好的双亲和家庭，我青少年时代有感情很好的兄弟姊妹；进入中年，有了好的妻子和好的朋友。我对自己的成长总抱着感恩之心，当然这里面最重要的基础是来自于我的父亲和母亲，他们给了我一个乐观、关怀、善良、进取的人生观。

我能给他们的实在太少了，这也是我常深自忏悔的。有一次我读到《佛说父母恩重难报经》，佛陀这样说："假使有人，为了爹娘，手持利刀，割其眼睛，献于如来，经百千劫，犹不能报父母深恩。

"假使有人，为了爹娘，百千仞战，一时刺身，于自身中，左右出入，经百千劫，犹不能报父母深恩……"

读到这里，不禁心如刀割，涕泣如雨。这一次回去看父亲的病，想到这本经书，在病床边强忍着要落下的泪，这些年来我是多么不孝，陪伴父亲的时间竟是这样的少。

有一位也在看护父亲的郑先生告诉我："要知道你父亲的病情，不必看你父亲就知道了，只要看你妈妈笑，就知道病情好转，看你妈妈流泪，就知道病情转坏，他们的感情真是好。"为了看顾父亲，母亲在医院的走廊打地铺，几天几夜都没能睡个好觉。父亲生病以后，她甚至还没有走出医院大门一步，人瘦了一圈，一看到她的样子，我就心疼不已。

我每天每夜向菩萨祈求，保佑父亲的病早日康健，母亲能恢复以往的笑颜。

这个世界如果真有什么罪孽，如果我的父亲有什么罪孽，如果我的母亲有什么罪孽，十方诸佛、各大菩萨，请把他们的罪孽让我来承担吧，让我来背父母的孽吧！

但愿父亲的病早日康复。以前我在田里工作的时候，看我不会农事，他会跑过来拍我的肩说："做农夫，要做第一流的农夫；想写文章，要写第一流的文章；要做人，要做第一等的人。"然后觉得自己太严肃了，就说："如果要做流氓，也要做大尾的流氓呀！"然后父子两人相顾大笑，笑出了眼泪。

我多么怀念父亲那时的笑。

也期待再看父亲的笑。

冰糖芋泥

每到冬寒时节，我时常想起幼年时候，坐在老家西厢房里，一家人围着大灶，吃母亲做的冰糖芋泥。事隔二十几年，每回想起，齿颊还会涌起一片甘香。

有时候没事，读书到深夜，我也会学着妈妈的方法，熬一碗冰糖芋泥，温暖犹在，但味道已大不如前了。我想，冰糖芋泥对我，不只是一种食物，而是一种感觉，是冬夜里的暖意。

成长在台湾光复后几年的孩子，对番薯和芋头这两种食物，相信记忆都非常深刻。早年在乡下，白米饭对我们来讲是一种奢想，三餐时，饭锅里的米饭和番薯永远是不成比例的，有时早上喝到一碗未掺番薯的白粥，就会高兴半天。

生活在那种景况中的孩子只有自求多福，但最难为的恐怕是妈妈，因为她时刻都在想着如何为那简单贫乏的食物设计一些新的花样，让我们不感到厌倦，并增加我们的生活趣味。我至今最怀念的是母亲费尽心机在食物上所创造的匠心和巧意。

打从我刚学会走路的时候，就经常在午后的空闲里，随着母亲到田中采摘野菜，她能分辨出什么野菜可以食用，且加以最可口的配方。譬如有一道菜叫"乌荽菜"的，母亲采下那最嫩的芽，用太白粉烧汤，那又浓又香的汤汁我到今天还不敢稍稍忘记。

即使是番薯的叶子，摘回来后剥皮去丝，不管是火炒，还是清煮，都有特别的翠意。

如果遇到雨后，母亲就拿把铲子和竹篮，到竹林中去挖掘那些刚要冒出头来的竹笋，竹林中阴湿的地方常生长着一种可食用的蕈类，是银灰而带点褐色的。母亲称为"鸡肉丝菇"，炒起来的味道真是如同鸡肉丝一样。

就是乡间随意生长的青凤梨，母亲都有办法变出几道不同的菜式。

母亲是那种做菜时常常有灵感的人，可是遇到我们几乎天天都要食用，等于是主食的番薯和芋头则不免头痛。将番薯和芋头加在米饭里蒸煮是很容易的，可是如果天天吃着这样的食物，恐怕脾气再好的孩子都要哭丧着脸。

在我们家，番薯和芋头都是长年不缺的，番薯种在离溪河不远处的沙地，纵在最困苦的年代，也会繁茂地生长，取之不尽、食之不绝，芋头则种在田野沟渠的旁边，果实硕大坚硬，也是四季不缺。

我常看到母亲对着用整布袋装回来的番薯和芋头发愁，然后她开始在发愁中创造，企图用最平凡的食物，来做最不平凡的菜肴，让我们整天吃这两种东西不感到烦腻。

母亲当然把最好的部分留下来掺在饭里，其他的，她则小心翼翼地将之切成薄片，用糖、面粉，和我们自己生产的鸡蛋打成糊状，薄片沾着粉糊下到油锅里炸，到呈金黄色的时刻捞起，然后用一个大的铁罐盛装，就成为我们日常食用的饼干。由于母亲故意宝爱着那些饼干，我们吃的时候是用分配的，所以就觉得格外好吃。

即使是番薯有那么多，母亲也不准我们随便取用，她常谈起日据时代空袭的一段岁月，说番薯也和米饭一样重要。那时我们家还用烧木柴的大灶，下面是排气孔，烧剩的火灰落到气孔中还有温热，我们最喜欢把小的红心番薯放在孔中焖熟，剥开来真是香气扑鼻。母亲不许我们这样做，只有得到奖赏的孩子才有那种特权。

记得我每次考了第一名，或拿奖状回家时，母亲就特准我在灶下焖两个红心番薯以作为奖励；我从灶里探出焖熟的番薯，心中那种荣耀的感觉，真不亚于在学校的讲台上领奖状，番薯吃起来也就特别有味。我们家是个大家庭，我有十四个堂兄弟，四个堂姊，伯父母都是早年去世，由母亲主理家政，到今天，我们都还记得领到两个红心番薯是一个多么隆重的奖品。

番薯不只用来做饭、做饼、做奖品，还能与东坡肉同卤，还能清蒸，母亲总是每隔几日就变一种花样。夏夜里，我们做完功课，最期待的点心是，母亲把番薯切成一寸见方，和凤梨一起煮成的甜汤；酸甜兼具，颇可以象征我们当日的生活。

芋头的地位似乎不像番薯那么重要，但是母亲的一道芋梗做成的菜肴，几乎无以形容；有一回我在台北天津卫吃到一道红烧茄子，险险落下泪来，因为这道北方的菜肴，它的味道竟和二十几年前南方贫苦的乡下，母亲做的芋梗极其相似。本来挖了芋头，梗和叶都要丢弃的，母亲却不舍，于是芋梗做了盘中餐，芋叶则用来给我们上学做饭包。

芋头孤傲的脾气和它流露的强烈气味是一样的，它充满了敏感，几乎和别的食物无法相容。削芋头的时候要戴手套，因为它会让皮肤麻痒，它的这种坏脾气使它不能取代番薯，永远是个二副，当不了船长。

我们在过年过节时，能吃到丰盛的晚餐，其中不可少的一样是芋头排骨汤，我想全天下，没有比芋头和排骨更好的配合了，唯一能相提并论的是莲藕排骨，但一浓一淡，风味各殊，人在贫苦的时候，大多是更喜爱浓烈的味道。母亲在红烧鲢鱼头时，炖烂的芋头和鱼头相得益彰，恐怕也是天下无双。

最不能忘记的是我们在冬夜里吃冰糖芋泥的经验，母亲把煮熟的芋头捣烂，和着冰糖同熬，熬成几近晶蓝的颜色，放在大灶上。就等着我们做完功课，给检查过以后，可以自己到灶上舀一碗热腾腾的芋泥，围在灶边吃。每当知道母亲做了冰糖芋泥，我们一回家便赶着做功课，期待着灶上的一碗点心。

冰糖芋泥只能慢慢地品尝，就是在最冷的冬夜，它每一口也都是滚烫的。我们一大群兄弟姊妹站立着围在灶边，细细享受母亲精制的芋泥，嬉嬉闹闹，吃完后才满足地回房就寝。

二十几年时光的流转，兄弟姊妹都因成长而星散了，连老家都因盖了新屋而消失无踪，有时候想在大灶边吃一碗冰糖芋泥都已成了奢想。天天吃白米饭，使我想起那段用番薯和芋头堆积起来的成长岁月，想吃去年掩制的萝卜干？想听雨后的油焖笋尖吗？想吃灰烬里的红心番薯吗？想吃冬夜里的冰糖芋泥吗？有时想得不得了，心中徒增一片惆怅，即使真能再制，即使母亲还同样地刻苦，味道总是不如从前了。

我成长的环境是艰困的，因为有母亲的爱，那艰困竟都化成甜美，母亲的爱就表达在那些看起来微不足道的食物里面；一碗冰糖芋泥其实没有什么，但即使看不到芋头，吃在口中，可以简单地分辨出那不是别的东西，而是一种无私的爱，无私的爱在困苦中是最坚强的。它纵然研磨成泥，但每一口都是滚烫的、是甜美的，在我们最初的血管里奔流。

在寒流来袭的台北灯下，我时常想到，如果幼年时代没有吃过母亲的冰糖芋泥，那么我的童年记忆就完全失色了。

我如今能保持乡下孩子恬淡的本性，常能在面对一袋袋知识的番薯和芋头，知所取舍变化，创造出最好的样式，在烦闷发愁时不失去向前的信心，我确信与我童年的生活有着密切的关系。因为母亲的影子在我心里最深刻的角落，永远推动着我。

葫芦瓢子

在我的老家，母亲还保存着许多十几二十年前的器物，其中有许多是过了时，到现在已经毫无用处的东西，有一件，是母亲日日还用着的葫芦瓢子。她用这个瓢子舀水煮饭，数十年没有换过，我每次看她使用葫芦瓢子，思绪就仿佛穿过时空，回到了我们快乐的童年。

犹记我们住在山间小村的一段日子，在家的后院有一座用竹子搭成的棚架，利用那个棚架我们种了毛豆、葡萄、丝瓜、瓢瓜、葫芦瓜等一些藤蔓的瓜果，使我们四季都有新鲜的瓜果可食。

其中最有用的是丝瓜和葫芦瓜，结成果实的时候，母亲常常站在棚架下细细地观察，把那些形状最美、长得最丰实的果子留住，其他的就摘下来做菜。

被留下来的丝瓜长到全熟以后，就在棚架下干掉了，我们摘下干的丝瓜，将它剥皮，显出它轻松干燥坚实的纤维，母亲把它切成一节一节的，成为我们终年使用的"丝瓜布"，可以用来洗碗盘和锅铲的油污，丝瓜子则留着隔年播种。采完丝瓜以后，我们把老丝瓜树斩断，在根部用瓶子盛着流出来的丝瓜露，用来洗脸。一棵丝瓜就这样完全利用了，现在有很多尼龙的刷洗制品称为"菜瓜布"，很多化学制的化妆品叫作"丝瓜露"，可见得丝瓜旧日在民间的运用之广和深切的魅力。

我们种的葫芦瓜也是一样，等它完全熟透在树上枯干以后摘取，那些长得特别大而形状不够美的，就切成两半拿来当舀水、盛东西的勺子。长得形状均匀美丽的，便在头部开口，取出里面的瓜肉和瓜子，只留下一具坚硬的空壳，可以当水壶与酒壶。

在塑料还没有普遍使用的农业社会，葫芦瓜的使用很广，几乎成为家家必备的用品，它伴着我们成长。到今天，葫芦瓜的自然传统已经消失，葫芦也成为民间艺术品店里的摆饰，不知情的孩子怕是难以想象它是《论语》里"一箪食，一瓢饮，在陋巷。人不堪其忧，回也不改其乐"，与人民共呼吸的器物吧！

葫芦的联想在民间有着悠久的历史，许多甚受欢迎的人物，像铁拐李、济公的腰间都悬着一把葫芦，甚至《水浒传》里的英雄，武侠小说中的丐帮快客，葫芦更是必不可少。早在《后汉书》的正史也有这样的记载："市中有老翁卖药，悬一壶于肆头，及市罢，辄跳入壶中，市人莫之见。"

在《云笈七签》中更说："施存，鲁人，学大丹之道，遇张申，为云台治官，常悬一壶，如五升器大，化为天地，中有日月，夜宿其内。"可见民间的葫芦不仅是酒器、水壶、药罐，甚至大到可以涵容天地日月，无所不包。到了乱离之世，仙人腰间的葫芦，常是人民心中希望与理想的寄托，葫芦之为用大矣！

我每回看美国西部电影，见到早年的拓荒英雄自怀中取出扁瓶的威士忌豪饮，就想到中国人挂在腰间的葫芦。威士忌的瓶子再美，都比不上葫芦的美感，这是无可奈何的事，因为在葫芦的壶中，有一片浓厚的乡关之情，和想象的广阔天地。

母亲还在使用的葫芦瓢子虽没有天地日月那么大，但那是早年农村生活的一个纪念，当时还没有自来水，我们家引泉水而饮，用竹筒把山上的泉水引到家里的大水缸，水缸上面永远漂浮着一把葫芦瓢子，光滑的、乌亮的，琢磨着种种岁月的痕迹。

现代的勺子有许多精美的，我问母亲为什么还用葫芦瓢子，她淡淡地说："只是用习惯了，用别的勺子都不顺手。"可是在我而言，却有许多感触。我们过去的农村生活早就改变了面貌，但是在人们心中，自然所产生的果实总是最珍惜，一把小小的葫芦瓢子似乎代表了一种心情——社会再进化，人心中珍藏的岁月总不会完全消失。

我回家的时候，喜欢舀一瓢水，细细看着手中的葫芦瓢子，它在时间中老去了，表皮也有着裂痕，但我们的记忆像那瓢子里的清水，永远晶明清澈、凉人肺腑。那时候我知道，母亲保有的葫芦瓢子也自有天地日月，不是一勺就能说尽，我用那把葫芦瓢子时也几乎贴近了母亲的心情，看到她的爱以及我二十多年成长岁月中母亲的艰辛。

翡翠莲雾

外祖母家最后的一棵莲雾树，因为院子前面拓宽道路，被工程队砍除了，听说要砍的时候，树上还结满了莲雾。看到哥哥的来信，虽然我没有亲眼见到那棵莲雾树倒下，脑中却浮起一幅图像——莲雾树应声倒下，满地青色的莲雾在阳光下乱滚。

从我有记忆开始，外祖母家前就是一个大的果园，种满荔枝、柿子、龙眼、枣子、莲雾等水果，因此暑假的时候，我们最爱住在外祖母家，每天都在果园中追逐嬉戏，爬到树上去摘水果。外祖母逝世很多年了，每次想起她来，自己就仿佛置身在那个果园中，又回到外祖母的怀抱。

记忆中的果园所盛产的水果，和现在的水果比较起来是完全不同的，因为都是"土种"，大部分是长得细小而有酸味的。柿子比不上现在的肥软多汁，荔枝修长带些酸味，龙眼是小而肉薄，枣子长得还没有现在的一半大，一点也比不上现在市场上经过改良的品种。

只有十几株莲雾树是我印象最深的。树上结出的莲雾全是翠绿颜色，果实瘦瘦的，形状有一点像翡翠雕成的铃铛。但那种绿色是淡的，就着阳光，给人透明的感觉。这种土生土长的莲雾汁水虽少，嚼起来坚实香脆，别有风味。

那十几株绿色莲雾树长得格外粗壮高大，柿子、荔枝树都比不上它，它大到小孩子可以躺在枝丫的杈上睡午觉。一串串累累的果实藏在树叶中，有时因颜色相同而难以发现。

不知道绿色的莲雾何时在市场上消失，现在的莲雾都是淡红色的品种，肥胖多汁，但不管用什么方法吃它，总觉得好像是水做成的，少了莲雾应该有的气味，尤其是雨季生长的红莲雾几乎是淡而无味的。每次看到红莲雾，我都想起一串串的绿色铃铛，还有在莲雾树上午睡的一段记忆。

由于舅舅们并不是赖着那个果园维生，多年来，一直让它任意生长，收成的时候总会送一些给我们家，有时表兄弟上台北，也会带一袋来给我。因此尽管时空流转，我和果园好像还维持着一种情感的牵系，那种感情是难以表白的，它无可置疑地见证一些我们成长的痕迹。

又一年，因为乡道的开辟，莲雾树几乎被砍光了，只留下最靠屋子的一株。外祖母的果园原本是没有路的，后来为採收方便，在两排莲雾树间开了一条脚踏车可以走的路，不久之后，摩托车来了，路又开宽一些，最后汽车来了，两排莲雾首先遭殃，现在单向的汽车道也不足了，最后一株莲雾因而不保。

听说要砍那株莲雾树，方圆几里的人都跑去参观，因为它是附近仅存的长着绿色果实的莲雾，它的树龄五十几年，也是附近最老的果树了。砍倒一棵莲雾树在道路拓宽时是微不足道的，对我而言，却如同砍除了心中的一片果园。我知道，再也不能吃到那棵树结成的莲雾了。

我的表兄弟，近年来因为纷纷离乡而星散了，家园已不复昔日规模，家前的果园自然日益缩小，现在剩下的，只是几株零散的荔枝、柿子了。

最后一株莲雾树的砍除不只是情伤，也让我想起品种改良的一些问题。现在市场上的所有水果无不是经过品种改良的，我幼年的时候是如何也不能想象现在竟有那么大的荔枝、龙眼、枣子的，然而这些新的品种，有时候味道真是不如从前，翡翠莲雾是最好的例子。

有一回我在市场上买到几条土生的小萝卜，高兴得不得了，因为那些打过荷尔蒙、施过大量农药与肥料、收成时还经过漂白的大萝卜，只是好看罢了，哪里有小萝卜结实呢，可惜我们生长的是一个快速膨胀的时代，连水果青菜都不能避免膨胀，结果是，品种不断改良，田园风味逐渐丧失，有许多最适合台湾气候和环境的品种也因而灭绝，这是值得担忧的现象。

外祖母手植的莲雾树不在了，我只好把它种在心中，在这个转变的时代，任何事物只有放在心中最保险。我把它种在心灵果园的一角，这样我可以随时采摘，并且时刻记得，在这片土地上曾生长过绿如翡翠的莲雾，是别的品种不能取代的。

在梦的远方

有时候回想起来，我母亲对我们的期待，并不像父亲那样明显而长远。小时候我的身体差、毛病多，母亲对我的期望大概只有一个，就是祈求我的健康，为了让我平安长大，母亲常背着我走很远的路去看医生，所以我童年时代对母亲留下的第一印象，就是趴在她的背上，去看医生。

我不只是身体差，还常常发生意外，三岁的时候，我偷喝汽水，没想到汽水瓶里装的是"番仔油"（夜里点灯用的臭油），喝了一口顿时两眼翻白，口吐白沫，昏死过去了。母亲立即抱着我以跑一百公尺的速度到街上去找医生，那天是大年初二，医生全休假去了，母亲急得满眼泪，却毫无办法。

"好不容易在最后一家医馆找到医生，他打了两个生鸡蛋给你吞下去，又有了呼吸，眼睛也张开了，直到你张开眼睛，我也在医院昏了过去了。"母亲一直到现在，每次提到我喝番仔油，还心有余悸，好像捡回一个儿子。听说那一天她为了抱我看医生，跑了将近十公里。

四岁那一年，我从桌子上跳下时跌倒，撞到母亲的缝纫机铁脚，后脑壳整个撞裂了，母亲正在厨房里煮饭。我自己挣扎站起来叫母

64

亲，母亲从厨房跑出来。

"那时，你从头到脚，全身是血，我看到第一眼，浮起心头的一个念头是：这个囡仔无救了。幸好你爸爸在家，坐他的脚踏车去医院，我抱你坐在后座，一手捏住脖子上的血管，到医院时我也全身是血，立即推进手术房，推出来时你叫了一声妈妈，呀！呀！我的囡仔活了，我的囡仔回来了……我那时才感动得流下泪来。"母亲说这段时，喜欢把我的头发撩起，看我的耳后，那里有一道二十公分长的疤痕，像蜈蚣盘踞着，听说我摔了那一次，聪明了不少。

由于我体弱，母亲只要听到什么补药或草药吃了可以使孩子身体好，就会不远千里去求药方，抓药来给我补身体，可能是补得太厉害，我六岁的时候竟得了疝气，时常痛得在地上打滚，哭得死去活来。"那一阵子，只要听说哪里有先生、有好药，都要跑去看，足足看了两年，什么医生都看过了，什么药都吃了，就是好不了。有一天有一个你爸爸的朋友来，说开刀可以治疝气，虽然我们对西医没信心，还是送去开刀了，开一刀，一个星期就好了。早知道这样，两年前送你去开刀，就不必吃那么多的苦。"母亲说吃那么多的苦，当然是指我而言，因为她们那时代的妈妈，是从来不会想到自己的苦。

过了一年，我的大弟得小儿麻痹，一星期就过世了，这对母亲是个严重的打击，由于我和大弟年龄最近，她差不多把所有的爱都转到我的身上，对我的照顾可以说是无微不至，并且在那几年，对我特别溺爱。

例如，那时候家里穷，吃鸡蛋不像现在的小孩可以吃一个，而是一个鸡蛋要切成"四洲"（就是四片）。母亲切白煮鸡蛋有特别方法，她不用刀子，而是用车衣服的白棉线，往往可以切到四片同样大，然后像宝贝一样分给我们，每次吃鸡蛋，她常背地里多给我一片。有时候很不容易吃苹果，一个苹果切十二片，她也会给我两片。有斩鸡，她总会留一碗鸡汤给我。

可能是母亲的照顾周到，我的身体竟然奇迹似的好起来，变得非常健康，常常两三年都不生病，功课也变得十分好，很少读到第二名，我母亲常说："你小时候读了第二名，自己就跑到香蕉园躲起来哭，要哭到天黑才回家，真是死脑筋，第二名不是很好了吗？"

但身体好、功课好，母亲并不是就没有烦恼，那时我个性古怪，很少和别的小朋友玩在一起，都是自己一个人玩，有时自己玩一整天，自言自语，即使是玩杀刀，也时常一人扮两角，一正一邪互相打，而且常不小心让匪徒打败了警察。然后自己蹲在田岸上哭。幸好那时候心理医生没有现在发达，否则我一定早被送去了。

"那时庄稼囡仔很少像你这样独来独往的，满脑子不知在想什么，有一次我看你坐在田岸上发呆，我就坐在后面看你，那样看了一下午，后来我忍不住流泪，心想：这个孤怪囡仔，长大后不知要给我们变出什么出头，就是这个念头也让我伤心不已。后来天黑，你从外面回来，我问你：'你一个人坐在田岸上想什么？'你说：'我在等煮饭花开，等到花开我就回来了。'这真是奇怪，我养一手孩子，从来没有一个坐着等花开的。"母亲回忆着我童年的一个片段，煮饭花就是紫茉莉，总是在黄昏时盛开，我第一次听到它是黄昏开时不相信，就坐一下午等它开。

不过，母亲的担心没有太久，因为不久有一个江湖术士到我们镇上，母亲先拿大弟的八字给他排，他一排完就说："这个孩子已经不在世上了，可惜是个大富大贵的命，如果给一个有权势的人做儿子，就不会夭折了。"母亲听了大为佩服，就拿我的八字去算，算命的说："这孩子小时候有点怪，不过，长大会做官，至少做到省议员。"母亲听了大为安心，当时在乡下做个省议员是很了不起的事，从此她对我的古怪不再介意，遇到有人对她说我个性怪异，她总是说："小时候怪一点没什么要紧。"

偏偏在这个时候，我恢复了正常，小学五六年级交了好多好多朋友，每天和朋友混在一起，玩一般孩子的游戏，母亲反而担心："哎呀！这个孩子做官无望了。"

我十五岁就离家到外地读书了，母亲因为会晕车，很少到我住的学校看我，我们见面的机会就少了，她常说："出去好像丢掉，回来好像捡到。"但每次我回家，她总是唯恐我在外地受苦，拼命给我吃，然后在我的背包塞满东西，我有一次回到学校，打开背包，发现里面有我们家种的香蕉、枣子；一罐奶粉、一包人参、一袋肉松；一包她炒的面茶、一串她绑的粽子，以及一罐她亲手腌渍的凤梨竹笋豆瓣酱……一些已经忘了。那时觉得东西多到可以开杂货店。

那时我住在学校，每次回家返回宿舍，和我一起的同学都说是小过年，因为母亲给我准备的东西，我一个人根本吃不完。一直到现在，我母亲还是这样，我一回家，她就把什么东西都塞进我的包包，就好像台北闹饥荒，什么都买不到一样，有一次我回到台北，发现包包特别重，打开一看，原来母亲在里面放了八罐汽水。我打电话给她，问她放那么多汽水做什么，她说："我要给你们在飞机上喝呀！"

高中毕业后，我离家愈来愈远，每次回家要出来搭车，母亲一定放下手边的工作，陪我去搭车，抢着帮我付车钱，仿佛我还是个三岁的孩子。车子要开的时候，母亲都会倚在车站的栏杆向我挥手，那时我总会看见她眼中有泪光，看了令人心碎。

要写我的母亲是写不完的，我们家五个兄弟姊妹，只有大哥侍奉母亲，其他的都高飞远扬了，但一想到母亲，好像她就站在我们身边。

这一世我觉得没有白来，因为会见了母亲，我如今想起母亲的种种因缘，也想到小时候她说的一个故事：

有两个朋友，一个叫阿呆，一个叫阿土，他们一起去旅行。

有一天来到海边，看到海中有一个岛，他们一起看着那座岛，因疲累而睡着了。夜里阿土做了一个梦，梦见对岸的岛上住了一位大富翁，在富翁的院子里有一株白茶花，白茶花树根下有一坛黄金，然后阿土的梦就醒了。

第二天，阿土把梦告诉阿呆，说完后叹一口气说："可惜只是个梦！"

阿呆听了信以为真，说："可不可以把你的梦卖给我？"阿土高兴极了，就把梦的权利卖给了阿呆。

阿呆买到梦以后就往那个岛上出发，阿土卖了梦就回家了。

到了岛上，阿呆发现果然住了一个大富翁，富翁的院子里果然种了许多茶树，他高兴极了，就留下做富翁的佣人，做了一年，只为了等待院子的茶花开。

第二年春天，茶花开了，可惜，所有的茶花都是红色，没有一株是白茶花。阿呆就在富翁家住了下来，等待一年又一年，许多年过去了，有一年的春天，院子里终于开出一棵白茶花。阿呆在白茶花树根掘下去，果然掘出一坛黄金，第二天他辞工回到故乡，成为故乡最富有的人。

卖了梦的阿土还是个穷光蛋。

这是一个日本童话，母亲常说："有很多梦是遥不可及的，但只要坚持，就可能实现。"她自己是个保守传统的乡村妇女，和一般乡村妇女没有两样，不过她鼓励我们要有梦想，并且懂得坚持，光是这一点，使我后来成为作家。

　　作家可能没有做官好，但对母亲是个全新的经验，成为作家的母亲，她对乡人谈起我时，为我小时候的多灾多难、古灵精怪全找到了答案。

爸爸的鸽子

我在老家的起居室，找到一个被尘封的箱子，里面有许多爸爸晚年领过的奖牌，其中数量最多的是赛鸽的锦旗、奖杯和奖牌。

看着这些奖牌，使我想到从前和爸爸一起放鸽子的时光。

爸爸中年以后迷上赛鸽，与一大群朋友组成"鸽友会"，几乎每个星期都会举行鸽子的飞行比赛。

这种赛鸽在台湾乡间曾经风靡过一阵子，鸽友们每次赛鸽，交少许的钱给鸽会，并且把鸽子套上脚环，也交给鸽会，由鸽会统一载到远地施放，依照飞回来的名次发给奖金和奖牌，奖金非常的高，有时一只得到冠军的鸽子，一次的奖金超过主人全年的耕田所得。

由于交的钱少，奖金却很高，再加上乡间缺乏娱乐，使赛鸽成为乡下最刺激的事。

每次赛鸽的日子，我们就会全家总动员，如临大敌。年纪小的孩子站成一排，趴在顶楼的围墙上，把视线凝聚在远方的天空。

爸爸看见我们的样子，都会大笑："憨囝仔，这次听说载到野柳去放，至少也要两小时以后才会到呀！"

我们才不管爸爸怎么说咧，万一有一只神鸽，飞得比飞机还快，飞回来了我们都不知道，不是要损失一笔很大的奖金吗？

我们一动也不动地看着远方的天空，天空开阔而广大，群山一层一层好像没有尽头，白云一团团浮在山头上。然后我会失神地想：鸽子是有什么超能力呢？它可以不食不饮，飞过高山和田地，准确地回家，是什么带领着它呢？是风？是云？还是太阳呢？有许多小鸽子从未出过远门，怎么可以第一次就认路回家呢？鸽子那么小的头到底装了什么，怎么会如此有智慧呢？

每次我的心神游到天空的时候，突然会看见远方浮起小小的黑点，我们就会大叫："爸，粉鸟回来了！"

爸爸抬头一看，说："这一次，可能是喔！"然后开始给我们分派任务，叫哥哥穿好鞋子在门口等着，叫我抓了鸽子从楼上冲下去交给哥哥。

鸽子以一种不可思议的速度，快速地往眼前移动，一眨眼，就飞到我们头顶，眼尖的弟弟大叫："那只是阿里，那只是阿国仔！"

果然是脖子滚了黑毛的阿里，还有叫声最响的阿国仔！

阿里和阿国毫不迟疑地，以一种优美无比的姿势凌空而降，落在平时降落的木板平台，一窜，就进了鸽舍。

爸爸迅即将它们装进小笼子，拍我的头说："紧！"

我提着鸽笼，吸一口气，一气狂奔到楼下交给哥哥，哥哥就像百公尺接力的姿势，箭一样地往鸽会射去！我也不放心地跟在后面跑，一边叫着："哥！加油！紧啦！紧啦！"

从小就很会赛跑的哥哥，果然是最先到达的，鸽会的阿伯把阿里和阿国的脚环拿下，打进鸽钟，钟上显示出飞回来的名次和时间，阿伯笑着对哥哥说："阿河！你爸爸这次赚到了，可能有八千元的奖金。"

我和哥哥双手高举，在鸽会前又叫又跳的，提着阿里阿国回家，跑的速度与去鸽会一样快，把得奖的消息告诉爸爸，爸爸很高兴地摸我们的头，然后充满感情地看着他的鸽子，他看鸽子的眼光是那种欣赏和慈爱，有时比看我们还温柔。

在厨房里忙的妈妈探出头来，"粉鸟赚八千元，是有影无？"

爸爸说："真的啦！你免煮了，晚上去一江山庆祝！"

妈妈虽然笑得很开心，嘴里还是忍不住叨念："钱都还没领到，就要去大吃，八千元？不知是真的，还是假的？"

一江山饭店是我们小镇里最好的饭店，爸爸每次赢了赛鸽，就会带我们去大吃一顿，平时反对赛鸽的妈妈，也会热烈地和我们讨论鸽子的事，那么温馨热烈的气氛就好像是过年一样。

爸爸过世以后，妈妈决定把鸽子放生，可是不管怎么放，它们总是飞回来，最后只好把鸽舍拆了，但是那些爸爸从小养大的鸽子，还不时地飞回来，经过好几年，楼顶的平台上，还常有鸽子回来。

像鸽子这么聪明的众生，不知道能不能理解到它们的主人，魂魄已经飞越了天空？在天际线之间，是不是找得到回家的路？

如今，鸽子飞远了，爸爸也不在了，只留下这些奖牌记忆了一些欢乐的时光。

我仿佛看见童年的我趴在围墙上想着：是什么带领鸽子回家呢？是风？是云？还是太阳呢……

透早的枣子园

返乡的时候，我的长裤因脱线裂开了，妈妈说："来，我帮你车一车。"

我随妈妈走进房间，她把小桌上的红绒布掀开，一台缝纫机赫然呈现在我的眼前，这个景象震慑了我，这不是三十多年前的那台裁缝车吗？怎么现在还在用？而且看起来像新的一样？

"妈？这是从前那一台缝纫机吗？"

妈妈说："当然是从前那一台了。"

妈妈熟练地坐在缝纫机前，把裤脚翻过来，开始专心地车我裂开的裤子，我看着妈妈专注的神情，忍不住摩挲着缝纫机上优美的木质纹理，那个画面突然与时空交叠，回到童年的三合院。

当时，这一台缝纫机摆在老家的东厢房侧门边，门外就是爸爸种的一大片枣子园，妈妈忙过养猪、耕田、晒谷、洗衣等粗重的工作后，就会坐在缝纫机前车衣服，一边监看在果园里玩耍的我们。

善于女红的妈妈，其实没有什么衣料可以做衣服，她做的是把面粉袋、肥料袋车成简单的服装，或者帮我们这一群"像牛一样会武"的孩子补撕破的衫裤，以及把太大的衣服改小，把太小的衣服放大。

妈妈做衣服的工作是至关重大的，使我们虽然生活贫苦，也不至于穿破衣去上学。

不车衣服的时候，我们就会抢着在缝纫机上写功课，那是因为孩子太多而桌子太少了，抢不到缝纫机的孩子，只好拿一块木板垫膝盖，坐在门槛上写字。

有一次，我和哥哥抢缝纫机，不小心跌倒，撞在缝纫机的铁脚，在我的耳后留下一条二十几厘米的疤痕，如今还清晰可见。

我喜欢爬上枣子树，回头看妈妈坐在厢房门边车衣服，一边吃着清脆香甜的枣子，那时的妈妈青春正盛，有一种秀气而坚毅的美。由于妈妈在生活中表现得坚强，常使我觉得生活虽然贫乏素朴，心里还是无所畏惧的。

如果是星期天，我们都会赶透早去采枣子，固为清晨刚熟的枣子最是清香，晚一点就被兄弟吃光了。

妈妈是从来没有假日的，但是星期天不必准备中午的便当，她总是透早就坐在缝纫机前车衣服。

坐在枣子树上，东边的太阳刚刚出来，寒冬的枣子园也变得暖烘烘的，顺着太阳的光望过去，正好看见妈妈温柔的侧脸，色彩非常印象派，线条却如一座立体派的浮雕。这时我会受到无比的感动，想着要把刚刚采摘的最好吃的枣子献给妈妈。

我跳下枣子树，把口袋里最好吃的枣子拿去给妈妈，她就会停下手边的工作，摸摸我的头说："真乖。"然后拉开缝纫机右边的抽屉放进枣子，我瞥见抽屉里满满都是枣子，原来，哥哥弟弟早就采枣子献给妈妈了。

这使我在冬日的星期天，总是透早就去采枣子，希望第一个把枣子送给妈妈。

有时觉得能坐在枣子树上看妈妈车衣服，生命里就有无边的幸福了。

　　"车好了，你穿看看。"妈妈的声音使我从回忆中回过神来，妈妈忍不住笑了，"大人大种了，整天憨呆憨呆。"

　　我看着妈妈依然温柔的侧脸，头发却都花白了，刚刚那一失神，时光竟匆匆流过三十几年了。

秘密的地方

在我的故乡，有一弯小河。

小河穿过山道、穿过农田、穿过开满小野花的田原。晶明的河水中是累累的卵石，石上的水迈着不整齐的小步，响着淙淙的乐声，一直走出我们的视野。

在我童年的认知里，河是没有归宿的，它的归宿远远地看，是走进了蓝天的心灵里去。

每年到了孟春，玫瑰花盛开以后，小河淙淙的乐声就变成响亮的欢歌，那时节，小河成为孩子们最快乐的去处，我们时常沿着河岸，一路闻着野花草的香气散步，有时候就跳进河里去捉鱼摸蛤，或者沿河插着竹竿钓青蛙。

如果是雨水丰沛的时候，小河低洼的地方就会形成一处处清澈的池塘，我们跳到里面去游水，等玩够了，就爬到河边的堤防上晒太阳，一直晒到夕阳从远山的凹口沉落，才穿好衣服回家。

那条河，一直是我们居住的村落人家赖以维生的所在，种稻子的人，每日清晨都要到田里巡田水，将河水引到田中；种香蕉和水果的人，也不时用马达将河水抽到干燥的土地；那些种青菜的人，更依着河边的沙地围成一畦畦的菜圃。

妇女们，有的在清晨，有的在黄昏，提着一篮篮的衣服到河边来洗涤，她们排成没有规则的行列，一边洗衣一边谈论家里的琐事，互相做着交谊，那时河的无言，就成为她们倾诉生活之苦的最好对象。

在我对家乡的记忆里，故乡永远没有旱季，那条河水也就从来没有断过，即使在最阴冷干燥的冬天，河里的水消减了，但河水仍然像蛇一样，轻快地游过田野的河岸。

我几乎每天都要走过那条河，上学的时候我和河平行着一路到学校去，游戏的时候我们差不多都在河里或河边的田地上。农忙时节，我和爸爸到田里去巡田水，或用麻绳抽动马达，看河水抽到蕉园里四散横流；黄昏时分，我也常跟母亲到河边浣衣。母亲洗衣的时候，我就一个人跑到堤防上散步，踮起脚跟，看河的尽头到底是在什么地方。

我爱极了那条河，不知道为什么，在那个封闭的小村镇里，我一注视着河，心里就仿佛随着河水，穿过田原和市集，流到不知名的远方——我对远方一直是非常向往的。

大概是到了小学三年级的时候吧，学校要举办一次远足，促使我有了沿河岸去探险的决心。我编造一个谎言，告诉母亲我要去远足，请她为我准备饭盒；告诉老师我家里农忙，不能和学校去远足，第二天清晨，我带着饭盒从我们家不远处的河段出发，那时我看到我的同学们一路唱着歌，成一路纵队，出发前往不远处的观光名胜。

我心里知道自己的年纪尚小，实在不宜于一个人单独去远地游历，但是我盘算着，和同学去远足不外是唱歌玩游戏，一定没有沿河探险有趣，何况我知道河是不会迷失方向的，只要我沿着河走，必然也可以沿着河回来。

那一天阳光格外明亮，空气里充满了乡下田间独有的草香，河的两岸并不如我原来想象的充满荆棘，而是铺满微细的沙石；河的左岸差不多是沿着山的形势流成的，河的右岸边缘正是人们居住的平原，人的耕作从右岸一直拓展开去，左岸的山里则还是热带而充满原始气息。蒲公英和银合欢如针尖一样的种子，不时从山上飘落在河中，随河水流到远处去，我想这正是为什么不管在何处都能看到蒲公英和银合欢的原因吧！

对岸山里最多的是相思树，我是最不爱相思树的，总觉得它们树干长得畸形，低矮而丑怪，细长的树叶好像也永远没有规则，可是不管喜不喜欢，它正沿路在和我打着招呼。

我就那样一面步行，一面欣赏风景，走累了，就坐在河边休息，把双脚泡在清凉的河水里。走不到一个小时，我就路经一个全然陌生的市镇或村落，那里的人和家乡的人打扮一样，他们戴着斗笠，卷起裤脚，好像刚刚从田里下工回来，那里的河岸也种菜，浇水的农夫看到我奇怪地走在河岸，都亲切地和我招呼，问我是不是迷失了路，我告诉他们，我正在远足，然后就走了。

再没有多久，我又进入一个新的村镇，我看到一些妇女在河旁洗衣，用力地捣着衣服，甚至连姿势都像极了我的母亲。我离开河岸，走进那个村镇，彼时我已经识字了，知道汽车站牌在什么地方，知道邮局在什么地方，我独自在陌生的市街上穿来走去。看到这村镇比我居住的地方残旧，街上跑着许多野狗，我想，如果走太远赶不及回家，坐汽车回去也是个办法。

我又再度回到河岸前行，然后我慢慢发现，这条河的右边大部分都被开垦出来了，而且那些聚落里的人民都有一种相似的气质和生活态度，他们依靠这条河生活，不断地劳作，并且群居在一起，互相依靠。我一直走到太阳往西偏斜，一共路过八个村落的城镇，觉得天色不早了，就沿着河岸回家。

因为河岸没有荫蔽，回到家我的皮肤因强烈的日炙而发烫，引得母亲一阵抱怨，"学校去远足，怎么走那么远的路？"随后的几天，同学们都还在远足的兴奋情绪里絮絮交谈，只有我没有什么谈话的资料，但是我的心里有一个秘密的地方——就是那条小河，以及河两岸的生命。

后来的几年里，我经常做着这样的游戏，沿河去散步，并在抵达陌生村镇时在里面嬉戏，使我在很年幼的岁月里，就知道除了我自己的家乡，还有许多陌生的广大天地，它们对我的吸引力大过于和同学们做无聊而一再重复的游戏。

日子久了，我和小河有一种秘密的情谊，在生活里受到挫败时总是跑到河边去和小河共度；在欢喜时，我也让小河分享。有时候看着那无语的流水，真能感觉到小河的沉默里有一股脉脉的生命，它不但以它的生命之水让河岸的农民得以灌溉他们的田原，也能安慰一个成长中的孩子，让我在挫折时有一种力量，在喜悦时也有一个秘密的朋友分享。笑的时候仿佛听到河的欢唱，哭的时候也有小河陪着低吟。

长大以后，常常思念故乡，以及那条贯穿其中的流水，每次想起，总像保持着一个秘密，那里有温暖的光源如阳光反射出来。

是不是别人也和我一样，心中有一个小时候秘密的地方呢？它也许是一片空旷的平野，也许是一棵相思树下，也许是一座大庙的后院，也许是一片海滩，或者甚至是一本能同喜怒共哀乐一读再读的书册……它们宝藏着我们成长的一段岁月，里面有许多秘密是连父母兄弟都不能了解的。

人人都是有秘密的吧！它可能是一个地方，可能是一段爱情，可能是不能对人言的荒唐岁月，那么总要有一个倾诉的对象，像小河与我一样。

　　有一天我路过外双溪，看到一条和我故乡一样的小河，竟在那里低徊不已。我知道，我的小河时光已经远远逝去了，但是我清晰地记住那一段日子，也相信小河保有着我的秘密。

箩筐

午后三点，天的远方擂过来一阵轰隆隆的雷声。

有经验的农人都知道，这是一片欲雨的天空，再过一刻钟，西北雨就会以倾盆之势笼罩住这四面都是山的小镇，有经验的燕子也知道，它们纷纷从电线上剪着尾羽，飞进了筑在人家屋檐下的土巢。

但是站在空旷土地上的我们——我的父亲、哥哥、亲戚，以及许多流过血汗、炙过阳光、淋过风雨的乡人，听着远远的雷声呆立着，并没有人要进去躲西北雨的样子。我们的心比天空还沉闷，大家都沉默着，因为我们的心也是将雨的天空，而且这场心雨显得比西北雨还要悲壮、还要连天而下。

我们无言围立着的地方是溪底仔的一座香蕉场，两部庞大的怪手正在慌忙地运作着，张开它们的铁爪一把把抓起我们辛勤种植出来的香蕉，扔到停在旁边的货车上。

这些平时扒着溪里的沙石，来为我们建立一个更好家园的怪手，此时被农会雇来把我们种出来的香蕉践踏，这些完全没有人要的香蕉将被投进溪里丢弃，或者堆置在田里当肥料。因为香蕉是易腐的水果，农会怕腐败的香蕉污染了这座干净的蕉场。

在香蕉场堆得满满的香蕉即使天色已经晦暗，还散发着翡翠一样的光泽，往昔丰收的季节里，这种光泽曾是带给我们欢乐的颜色，比雨后的彩虹还要灿亮；如今变成刺眼得让人心酸。

怪手规律的呱呱响声，和愈来愈近的雷声相应和着。

我看到在香蕉集货场的另一边，堆着一些破旧的棉被，和农民弃置在棉被旁的箩筐。棉被原来是用来垫娇贵的香蕉以免受损，箩筐是农民用来收成的，本来塞满收成的笑声。棉被和箩筐都溅满了深褐色的汁液，一层叠着一层，经过了岁月，那些蕉汁像一再凝结而干涸的血迹，是经过耕耘、种植、灌溉、收成而留下来的辛苦见证，现在全一无用处地躺着，静静等待着世纪末的景象。

蕉场前面的不远处，有几个小孩子用竹子撑开一个旧箩筐，箩筐里撒了一把米，孩子们躲在一角拉着绳子，等待着大雨前急着觅食的麻雀。

一只麻雀啾啾两声从屋顶上飞翔而下，在蕉场边跳跃着，慢慢的，它发现了白米，一步一步跳进箩筐里；孩子们把绳子一拉，箩筐砰然盖住，惊慌的麻雀打着双翼，却一点也找不到出路悲哀地号叫出声。孩子们欢呼着自墙边出来，七八只手争着去捉那只小小的雀子，一个大孩子用原来绑竹子的那根线系住麻雀的腿、然后将它放飞。麻雀以为得到了自由，振力地飞翔，到屋顶高的时候才知道被缚住了脚，颓然跌落在地上，它不灰心，再飞起，又跌落，直到完全没有力气，蹲在褐黄色的土地上，绝望地喘着气，还忧戚地长嘶，仿佛在向某一处不知的远方呼唤着什么。

这捕麻雀的游戏，是我幼年经常玩的，如今在心情沉落的此刻，心中不禁一阵哀戚。我想着小小的麻雀走进箩筐的景况，只是为了啄食几粒白米，未料竟落进一个不可超拔的生命陷阱里去，农人何尝不是这样呢？他们白日里辛勤地工作，夜里还要去巡回水，有时也只是为了求取三餐的温饱，没想到勤奋打拼地工作，竟也走入了命运的箩筐。

箩筐是劳作的人们一件再平凡不过的用具，它是收成时一串快乐的歌声。在收成的时节，看着人人挑着空空的箩筐走过黎明的田路，当太阳斜向山边，他们弯腰吃力地挑着饱满的箩筐，走过晚霞投照的田埂，确是一种无法言宣的美，是出自生活与劳作的美，比一切美术音乐还美。

我每看到农人收成，挑着箩筐唱简单的歌回家，就冥冥想起托尔斯泰的艺术论，任何伟大的作品都是蘸着血汗写成的。如果说大地是一张摊开的稿纸，农民正是蘸着血泪在上面写着伟大的诗篇；播种的时候是逗点，耕耘的时候是顿号，收成的箩筐正像在诗篇的最后圈上一个饱满的句点。人间再也没有比这篇诗章更令人动容的作品了。

遗憾的是，农民写作歌颂大地的诗章时，不免有感叹号，不免有问号，有时还有通向不可知的分号！我看过狂风下不能出海的渔民，望着箩筐出神；看过海水倒灌淹没盐田，在家里踢着箩筐出气的盐民；看过大旱时的龟裂土地，农民挑着空的箩筐叹息。那样单纯的情切意乱，比诗人捻断数根须犹不能下笔还要忧心百倍；这时的农民正是契诃夫笔下没有主题的人，失去土地的依恃，再好的农人都变成浅薄的、渺小的、悲惨的、滑稽的、没有明天的小人物，他不再是个大地诗人了！

由于天候的不能收成和没有收成固是伤心的事，倘若收成过剩而必须抛弃自己的心血，更是最大的打击。这一次我的乡人因为收成过多，不得不把几千万公斤的香蕉毁弃，每个人的心都被抓出了几道血痕。在过去的岁月里，他们只知道"一分耕耘，一分收获"的天理，从来没有听过"收成过剩"这个东西，怪不得几位白了胡子的乡人要感叹起来：真是没有天理呀！

当我听到故乡的香蕉因为无法产销，便搭着黎明的火车转回故乡，火车空洞空洞空洞地奔过田野，天空稀稀疏疏地落着小雨，戴斗笠的农人正弯腰整理农田，有的农田里正在犁田，农夫将犁绳套在牛肩上，自己在后面推犁，犁翻出来的烂泥像春花在土地上盛开。偶尔也看到刚整理好的田地，长出青翠的芽苗，那些芽很细小只露出一丝丝芽尖，在雨中摇呀摇的，那点绿鲜明地告诉我们，在这一片灰色的大地上，有一种生机埋在最深沉的泥土里。台湾的农人是世界上最勤快的农人，他们总是耕作如斯，不舍昼夜，而我们的平原也是世界上最肥沃的土地，永远有新的绿芽从土里争冒出来。

看着急速往后退去的农田，我想起父亲戴着斗笠在蕉田里工作的姿影。他在土地里种作五十年，是他和土地联合生养了我们，和土地已经种下极为根深的情感，他日常的喜怒哀乐全是跟随土地的喜怒哀乐。有时收成不好，他最受伤的，不是物质的，而是情感的。在我们所拥有的一小片耕地上，每一尺都有父亲的足迹，每一寸都有父亲的血汗。而今年收成这么好，还要接受收成过剩的打击，对于父亲，不知道是伤心到何等的事！

我到家的时候，父亲挑着香蕉去蕉场了，我坐在庭前等候他高大的身影，看到父亲挑着两个晃动的空箩筐自远方走来，他旁边走着的是我毕业于大学的哥哥，他下了很大决心才回到故乡帮忙父亲的农业。由于哥哥的挺拔，我发现父亲这几年背竟是有些弯了。

长长的夕阳投在他挑的箩筐上，拉出更长的影子。

记得幼年时代的清晨，柔和的曦光总会肆无忌惮地伸出大手，推进我家的大门、院子，一直伸到厅场的神案上，神案上常供的四果一面明一面暗，好像活的一般，大片大片的阳光真是醉人而温暖。就在那熙和的日光中，早晨的微风启动了大地，我最爱站在窗口，看父亲穿着沾满香蕉汁的衣服，戴着斗笠，挑着一摇一晃的一对箩筐，穿过庭前去田里工作；爸爸高大的身影在阳光照耀下格外雄伟健壮，有时除了箩筐，他还荷着锄头、提着扫刀，每一项工具都显得厚实有力，那时我总是倚在窗口上想着：能做个农夫是多么快乐的事呀！

稍稍长大以后，父亲时常带我们到蕉园去种作，他用箩筐挑着我们，哥哥坐在前面，我坐在后边，我们在箩筐里有时玩杀刀，有时用竹筒做成的气枪互相打苦苓子，使得箩筐摇来晃去，爸爸也不生气；真闹得他心烦，他就抓紧箩筐上的扁担，在原地快速地打转，转得我们人仰马翻才停止，然后就听到他爽朗洪亮的笑声串串响起。

童年蕉园的记忆，是我快乐的最初，香蕉树用它宽大的叶子覆盖累累的果实，那景象就像父母抱着幼子要去进香一样，同样涵含了对生命的虔诚。农人灌溉时流滴到地上的汗水，收割时挑着箩筐嘿啊嘿嗒的吆喝声，到香蕉场验关时的笑谈声，总是交织成一幅有颜色有声音的画面。

在我们蕉园尽头有一条河堤，堤前就是日夜奔湍不息的旗尾溪了。那条溪供应了我们土地的灌溉，我和哥哥时常在溪里摸蛤、捉虾、钓鱼、玩水，在我童年的认知里，不知道为什么就为大地的丰饶而感恩着土地。在地上，它让我们在辛苦的犁播后有喜悦的收成；在水中，它生发着永远也不会匮乏的丰收讯息。

我们玩累了，就爬上堤防回望那一片广大的蕉园，由于蕉叶长得太繁茂了，我们看不见在里面工作的人们，他们劳动的声音却像从地心深处传扬出来，交响着旗尾溪的流水潺潺，那首大地交响的诗歌，往往让我听得出神。

一直到父亲用箩筐装不下我们去走蕉园的路，我和哥哥才离开我们眷恋的故乡到外地求学，父亲送我们到外地读书时说的一段话到今天还响在我的心里："读书人穷没有关系，可以穷得有骨气，农人不能穷，一穷就双膝落地了。"

以后的十几年，我遇到任何磨难，就想起父亲的话，还有他挑着箩筐意气风发到蕉园种作的背影，岁月愈长，父亲的箩筐魔法似的一日比一日鲜明。

此刻我看父亲远远地走来了，挑着空空的箩筐，他见到我的欣喜中也不免有一些黯然，他把箩筐随便地堆在庭前，一言不发，我忍不住问他："情形有改善没有？"

父亲涨红了脸，"伊娘咧！他们说农人不应该扩大耕种面积，说我们没有和青果社签好约，说早就应该发展香蕉的加工厂，我们哪里知道那么多？"父亲把蕉汁斑斑的上衣脱下挂在庭前，那上衣还一滴滴地落着他的汗水，父亲虽知道今年香蕉收成无望，今天在蕉田里还是艰苦地做了工的。

哥哥轻声地对我说："明天他们要把香蕉丢掉，你应该去看看。"父亲听到了，对着将落未落的太阳，我看到他眼里闪着微明的泪光。

我们一家人围着吃了一顿沉默而无味的晚餐，只有母亲轻声地说了一句："免气得这样，明年很快就到了，我们改种别的。"阳光在我们吃完晚餐时整个沉到山里，黑暗的大地只有一片虫鸣唧唧。这往日农家凉爽快乐的夏夜，儿子从远方归来，却只闻到一种苍凉和寂寞的气味，星星也躲得很远了。

两部怪手很快地就堆满一辆载货的卡车。

西北雨果然毫不留情地倾泻下来，把站在四周的人群全淋得湿透，每个人都文风不动让大雨淋着，看香蕉被堆上车，好像一场气氛凝重的告别式。我感觉那大大的雨点落着，一直落到心中升起微微的凉意。我想，再好的舞者也有乱而忘形的时刻，再好的歌者也有仿佛失曲的时候，而再好的大地诗人——农民，却也有不能成句的时候。是谁把这写好的诗打成一地的烂泥呢？是雨吗？

货车在大雨中，把我们的香蕉载走了，载去丢弃了，只留两道轮迹，在雨里对话。

捕麻雀的小孩，全部躲在香蕉场里避雨，那只一刻钟前还活蹦乱跳的麻雀，死了。最小的孩子为麻雀的死哇哇哭起来，最大的孩子安慰着他，"没关系，回家哥哥烤给你吃。"

我们一直站到香蕉全被清出场外，呼啸而过的西北雨也停了，才要离开，小孩子们已经蹦跳着出去，最小的孩子也忘记死去麻雀的一点点哀伤，高兴地笑了，他们走过箩筐，恶作剧地一脚踢翻箩筐，让它仰天躺着；现在他们不抓麻雀了，因为知道雨后，会飞出来满天的蜻蜓。

我独独看着那个翻仰在烂泥里的箩筐，它是我们今年收成的一个句点。

燕子轻快地翱翔，蜻蜓满天飞。

云在天空赶集似的跑着。

麻雀一群，在屋檐啾啾交谈。

我们的心是将雨，或者已经雨过的天空。

第三辑　有情生

季节十二帖

一月　大寒

冷也到了顶点了。

高也高到极限了。

日光下的寒林没有一丝杂质，空气里的冰冷仿佛来自遥远的故乡，带着一些相思，还有细微得难以辨别的骆驼的铃声。

再给我一点绿色吧，阳光对山说。

再给我一点温暖吧，山对太阳说。

再给我一朵云，再给我一把相思吧，空气对山冈说。

我们互相依偎取暖，毕竟，冷也冷到顶点，高也高到极限了。

二月　立春

春气始至，立春是在四日的七时一分。

"日光开始温柔照耀的时候，请告诉我。"地上的青虫对荷叶上的绿蛙说。

"我忙得很呢！我还要告诉茄子、白芋、西瓜、瓮菜、肉豆、苋菜，它们发芽的时间到了。"蛙说。

"那么谁来告诉我春天到来了呢？"青虫说。

"你可以静听远方的雷声或者仕女们踏青的脚步声呀！"蛙说。

青虫遂伏耳静听，先听见的竟是抽芽的青草血液流动的声音。

三月 惊蛰

"雷鸣动，蛰虫皆震起而出，故名惊蛰。"

我们可以等待春天的第一声雷，到草原去，那以为是地震的蛰虫都沙沙地奔跑，互相走告：雷在春天，不知道为什么这一次打到地下来了。蚱蜢都笑起来，其实年年雷都震动地底，只是蛰虫生命短暂，不知道去年的事吧！

在童年的记忆中，我们喜欢春天到草原去钓蛰虫，一株草伸入洞里，蛰虫就紧紧咬住，有如咬住春天。

童年老树下的回忆，在三月里想起来，有春阳一般的温馨。

四月 清明

"时万物皆洁齐而清明，盖时当气清景明，万物皆显，因此得名。"

这一次让我们去看四月里碧绿的草与洁白的云吧！因为如果错过了四月的草之绿与云之白，今年就再也没有什么景色可以领略了。

但是，别忘了出发前让心沉静下来，用一种清明的心情去观照天空与花树的对话。

我走出去，感觉被和风包围，我对着一朵含苞的小黄花说："亲爱的，四月的时候不要睡着了。"

五月　小满

天空突然下起雨来，对于天上的雨我们没有拒绝的权利，只能默默地接受。

站在屋檐下避雨，我想：为什么初夏的雨总没来由地下着，这时，竟有一些愉快的心情，好像心也被雨湿润了。痴痴地想起，某一年，也是这样的五月，也是这样突然的初夏之雨，与一个心爱的人奔过落雨的大街。

冲进屋檐下的骑楼，抬头正与一个厢壁的石雕相遇，那石雕今日仍在，一起走过雨路的人，却远了。

五月的雨，总是突然就停了。

阳光笑着，从天上跌落下来。

六月　芒种

"时可种有芒之谷，过此即失效，故曰芒种。"

坐火车飞过田野，偶尔会见到农夫正在田中插秧，点点的嫩绿在风中显得特别温柔，甚至让人忘记了那每一株都有一串汗水。

芒种，是多么美的名字，稻子的背负是芒种，麦穗的承担是芒种，高粱的波浪是芒种，天人菊在野风中盛放是芒种……有时候感觉到那一丝丝落下的阳光，也是芒种。

六月的明亮里，我们能感受到四处流动的光芒。

芒种，是为光芒植根。在某些特别的时候，我呼唤着你的名字，就仿佛把光芒种植。

七月　小暑

院里的玫瑰花，从去年落了以后就没有再开，叶子倒仍然十分青翠，枝干也非常刚强。只是在落雨的黄昏，窗子结满雾气，从雾里看出去，就见到了去年那个孤寂的自己。

这一次从海岸回来，意外看到玫瑰花结成的苞，惊喜地感觉自己又寻回了年轻时那温婉的心情，这小小的花，小小的暑气，使我感觉到真实的自我。

泡一杯碧螺春，看玫瑰花在暑气里挣扎开放，突然听见从遥远海边传过来的涛声，一波又一波清洗着我心灵的岬角。

八月　立秋

"秋训：禾谷熟也。"

梦里醒来的时候，推窗，发现天上还洒着月光。

仿佛刚刚睡去，怎么忽然就从梦里醒来了呢？

刚刚确实是做了梦的。我努力回想梦境，所有的情节竟然都隐没了，只剩下一个古老、优雅、安静的回廊，回廊里有轻浅的步声，好像一声一声地从我的心头踩过。

让我再继续这个梦吧！躺下时我这样许着愿。

我果然又走进那个回廊，脚步声是我自己的，千回百转才走到出口，原来出口的地方满天红叶，阳光落了一地。

原来是秋天了，我在回廊里轻轻叹口气。

九月　白露

"阴气渐重，凝而为露，故名白露。"

几棵苍郁的树，被云雾和时间洗过，流露出一种沧桑的神色。我站在这山最高的地方向下望，云一波波地从脚下流过，鸟声从背后传来，我好像也懂了站在这里的树的心情——站在最高的地方可以望远，但也要承担高的冷，还有那第一波来的白露。

候鸟大概很快就要从这里飞过，到南方的海边去了吧？

这时站在云雾封弥的山上，我闭上眼睛，就像看见南方那明媚的海岸。

十月　霜降

这一次我离开你，大概就不容易再见到你了。

暮色过后，我会真正离开，就让天上温柔的晚霞做最后见证，有一天再看见同样美丽的晚霞，不管在何时何地，我都会想起你来。

霜已经开始降了，风徐徐的，泪轻轻的，为了走出黑暗的悲剧，我只好悄悄离去。我走的时候，感到夜色好冷，一股凉意自我的心头掠过。

十一月　立冬

"冬者，终也。立冬之时，万物终成，故名立冬。"

如果要认识青春，就要先知道青春有终结的时候。

为花的开放而欢喜，为花的凋落而感伤。这样，我们永远不能认识流过的时间是一种自然的呈现。

在园子里紫丁香花开的时候，让我们喝春天的乌龙吧！

在群花散尽、木棉独自开放的冬日，让我们烘着暖炉，听维瓦尔第，喝咖啡吧！

冬天多么美，那枝头最后落下的一朵木棉，是绝美的！

十二月　冬至

"吃过这碗汤圆，就长一岁了。"冬至的时候，母亲总是这样说。母亲亲手做的汤圆格外好吃，尤其是在寒冷的冬夜，又和着成长的传说。

吃完汤圆，我们就全家围在一起喝热茶，看腾腾热气在冷空气中久久不散。茶是父亲泡的，他每天都喝茶。但那一天，他环视我们说："果然又长大一些。"

那是很多年前冬至的记忆。父亲逝世后，在冬至这天，我常想起他泡的茶，香味至今仍在齿边。

光之四书

光之色

当塞尚把苹果画成蓝色以后，大家对颜色突然开始有了奇异的视野，更不要说马蒂斯蓝色的向日葵，毕加索鲜红色的人体，夏卡尔绿色的脸了。

艺术家们都在追求绝对的真实，其实这种绝对往往不是一种常态。

我是真正见过蓝色苹果的人。有一次去参加朋友的舞会，舞会不免有些水果点心，我发现就在我坐的位子旁边一个摆设得精美的果盘，中间有几只梨山的青苹果，苹果之上一个色纸包扎的蓝灯，一束光正好打在苹果上，那苹果的蓝色正是塞尚画布上的色泽。那种感动竟使我微微地颤抖起来，想到诗人里尔克称赞塞尚的画："是法国式的雅致与德国式的热情之平衡。"

设若有一个人，他从来没有见过苹果，那一刻，我指着那苹果说：苹果是蓝色的。他必然要相信不疑。

然后，灯光变了，是一支快速度的舞，七彩的光在屋内旋转，打在果盘上，所有的水果顿时成为七彩的斑点流动。我抬头，看到舞会男女，每个人脸上的肤色隐去，都是霓虹灯一样，只是一些活动的碎点，像极了秀拉用细点的描绘。当刻，我不仅理解了马蒂斯、毕加索、夏卡尔种种，甚至看见了除去阳光以外的真实。

在阳光下，所有的事物自有它的颜色，当阳光隐去，在黑暗里，事物全失去了颜色。设若我们换了灯，同样是灯，灯泡与日光灯会使色泽不同，即使同是灯泡，百烛与十烛间相去甚巨，不要说是一支蜡烛了。我们时常说在黑夜的月光与烛光下就有了气氛，那是我们多出一种想象的空间，少去了逼人的现实，即使在阳光艳照的天气，我们突然走进树林，枝叶掩映，点点丝丝，气氛仿佛滤过，就围绕了周边。什么才是气氛呢？因为不真实，才有气有氛，令人迷惑。或者说除去直接无情的真实，留下迂回间接的真实，那就是一般人口里的气氛了。

有一回在乡下，听到一位农夫说到现今社会风气的败德，他说："都是电灯害的，电灯使人有了夜里的活动，而所有的坏事全是在黑暗里进行的。"想想，人在阳光的照耀下，到底还是保持着本色，黑暗里本色失去，一只苹果可以蓝、可以七彩，人还有什么不可为呢？

这样一想，阳光确实是无情，它让我们无所隐藏，它的无情在于它的无色，也在于它的永恒，又在于它的自然。不管人世有多少沧桑，阳光总不改变它的颜色，所以仿佛也不值得歌颂了。

熟知中国文学的人应该发现，中国诗人词家少有写阳光下的心情，他们写到的阳光尽是日暮（天寒翠袖薄，日暮依修竹），尽是黄昏（月上柳梢头，人约黄昏后），尽是落日（大漠孤烟直，长河落日圆），尽是夕阳（去年天气旧亭台，夕阳西下几时回），尽是斜阳（斜阳外，寒鸦数点，流水绕孤村），尽是落照（家住苍烟落照间，丝毫尘事不相关）……阳光的无所不在，无地不照，反而只有离去时最后的照影，才能勾起艺术家诗人的灵感，想起来真是奇怪的事。

一朝唐诗、一代宋词，大部分是在月下、灯烛下进行，你说奇怪不奇怪？说起来就是气氛作怪，如果是日正当中，仿佛都与情思、离愁、国仇、家恨无缘，思念故人自然是在月夜空山才有气氛，怀忧边地也只有在清风明月里才能服人，即使饮酒作乐，不在有月的晚上难道是在白天吗？其实天底下最大的痛苦不是在夜里，而是在大太阳下也令人战栗，只是没有气氛，无法描摹罢了。

有阳光的天色，是给人工作的，不是给人艺术的，不是给人联想和忧思的。有阳光的艺术不是诗人词家的，是画家的专利，中国一部艺术史大部分写着阳光，西方的艺术史也是亮灿照耀，到印象派的时候更是光影辉煌，只是现代艺术家似乎不满意这样，他们有意无意地改变光的颜色。抽象自不必说了，写实，也不要俗人都看得见的颜色，而是透过画家的眼睛，他们说这是“超脱”，这是“真实”，这是“爱怎么画就怎么画才是创作”。

我常说艺术家是上帝的错误设计，因为他们要在阳光的永恒下，另外做自己的永恒，以为这样就成为永恒的主宰。艺术背叛了阳光的原色，生活也是如此。我们的黑夜愈来愈长，我们的屋子益来益密，谁还在乎有没有阳光呢？现在我如果批评塞尚的蓝苹果，一定会引来一阵乱棒，就像齐白石若画了蓝色的柿子也会挨骂一样，其实前后还不过是百年的时间，一百年，就让现代人相信没有阳光，日子一样自在，让现代人相信艺术家的真实胜过阳光的真实。

阳光本色的失落是现代人最可悲的一种，许多人不知道在阳光下，稻子可以绿成如何，天可以蓝到什么程度，玫瑰花可以红到透明，那是因为过去在阳光下工作的占人类的大部分，现在变成小部分了，即使是在有光的日子，推窗究竟看的是什么颜色呢？

我常在都市热闹的街路上散步，有时走过长长的一条路，找不到一根小草，有时一年看不到一只蝴蝶；这时我终于知道：我们心里的小草有时候是黑的，而在繁屋的每一面窗中，埋藏了无数苍白没有血色的蝴蝶。

光之香

我遇见一位年轻的农夫，在南方一个充满阳光的小镇。

那时是春末了，一期稻作刚刚收成，春日阳光的金线如雨倾盆地泼在温暖的土地上，牵牛花在篱笆上缠绵盛开，苦苓树上鸟雀追逐，竹林里的笋子正纷纷涨破土地。细心地想着植物突破土地，在阳光下成长的声音，真是人间里非常幸福的感觉。

农夫和我坐在稻埕旁边，稻子已经铺平张开在场上。由于阳光的照射，稻埕闪耀着金色的光泽，农夫的皮肤染了一种强悍的铜色。我在农夫家做客，刚刚是我们一起把谷包的稻子倒出来，用犁耙推平的，也不是推平，是推成小小山脉一般，一条棱线接着一条棱线，这样可以让山脉两边的稻谷同时接受阳光的照射，似乎几千年来就是这样晒谷子，因为等到阳光晒过，八爪耙把棱线推进原来的谷底，则稻谷翻身，原来埋在里面的谷子全翻到向阳的一面来——这样晒谷比平面有效而均衡，简直是一种阴阳的哲学了。

农夫用斗笠扇着脸上的汗珠，转过脸来对我说："你深呼吸看看。"

我深深地吸了一口气，缓缓吐出。

他说："你吸到什么没有？"

"我吸到的是稻子的气味，有一点香。"我说。

他开颜地笑了，说："这不是稻子的气味，是阳光的香味。"

"阳光的香味？"我不解地望着他。

那年轻的农夫领着我走到稻埕中间，伸手抓起一把向阳一面的谷子，叫我用力地嗅，那时稻子成熟的香气整个扑进我的胸腔，然后，他抓起一把向阴的埋在内部的谷子让我嗅，却是没有香味了。这个实验让我深深地吃惊，感觉到阳光的神奇，究竟为什么只有晒到阳光的谷子才有香味呢？年轻的农夫说他也不知道，是偶然在翻稻谷晒太阳时发现的，那时他还是大学学生，暑假偶尔帮忙农作，想象着都市里多彩多姿的生活，自从晒谷时发现了阳光的香味，竟使他下决心要留在家乡。我们坐在稻埕边，漫无边际地谈起阳光的香味来，然后我几乎闻到了幼时刚晒干的衣服上的味道，新晒的棉被、新晒的书画，光的香气就那样淡淡地从童年中流泄出来。自从有了烘干机，那种衣香就消失在记忆里，从未想过竟是阳光的关系。

农夫自有他的哲学，他说："你们都市人可不要小看阳光，有阳光的时候，空气的味道都是不同的。就说花香好了，你有没有分辨过阳光下的花与屋里的花，香气不同呢？"

我说："那夜来香、昙花香又作何解呢？"

他笑得更得意了，"那是一种阴香，没有壮怀的。"

我便那样坐在稻埕边，一再地深呼吸，希望能细细品味阳光的香气，看我那样正经庄重，农夫说："其实不必深呼吸也可以闻到，只是你的嗅觉在都市里退化了。"

光之味

在澎湖访问的时候，我常在路边看渔民晒鱿鱼，发现晒鱿鱼有两种方式：一种是把鱿鱼放在水泥地上，隔一段时间就翻过身来。在没有水泥地的土地，为了怕蒸起的水汽，渔民把鱿鱼像旗子一样，一面面挂在架起的竹竿上——这种景观是在澎湖、兰屿随处可见的，有的台湾沿海也看得见。

有一次一位渔民请我吃饭，桌子上就有两盘鱿鱼，一盘是新鲜的刚从海里捕到的鱿鱼，一盘是阳光晒干以后，用水泡发，再拿来煮的。渔民告诉我，鱿鱼不同于其他的鱼，其他的鱼当然是新鲜最好，鱿鱼则非经过阳光烤炙，不会显出它的味道来。我仔细地吃起鱿鱼，发现新鲜的虽脆，却不像晒干的那样有味、有劲，为什么这样，真是没什么道理。难道阳光真有那样大的力量吗？

渔民见我不信，捞起一碗鱼翅汤给我，说："你看这鱼翅好了，新鲜的鱼翅，卖不到什么价钱的，因为一点也不好吃，只有晒干的鱼翅才珍贵，因为香味百倍。"

为什么鱿鱼、鱼翅经过阳光曝晒以后会特别好吃呢？确是不可思议，其实不必说那么远，就是一只乌鱼子，干的乌鱼子价钱何止是新鲜乌鱼卵的十倍？

后来我在各地旅行的时候，特别留意这个问题，有一次在南投竹山吃东坡肉油焖笋尖，差一点没有吞下盘子。主人说那是今年的阳光特别好，晒出了最好吃的笋干，阳光差的时候，笋干也显不出它的美味，嫩笋虽自有它的鲜美，但经过阳光，却完全不同了。

对鱿鱼、鱼翅、乌鱼子、笋干等等，阳光的功能不仅让它干燥、耐于久藏，也仿若穿透它，把气味凝聚起来，使它发散不同味道。我们走入南货行里所闻到的干货聚集的味道，我们走进中药铺子扑鼻而来的草香药香，在从前，无一不是经由阳光的凝结。现在有无须阳光的干燥方法，据说味道也不如从前了。一位老中医师向我描述从前当归的味道，说如今怎样熬炼也不如昔日，我没有吃过旧日当归，不知其味，但这样说，让我感觉现今的阳光也不像古时有味了。

不久前，我到一个产制茶叶的地方，茶农对我说，好天气采摘的茶叶与阴天采摘的，烘焙出来的茶就是不同，同是一株茶，春茶与冬茶也全然两样，则似乎一天与一天的阳光味觉不同，一季与一季的阳光更天差地别了，而它的先决条件，就是要具备一只敏感的舌头。不管在什么时代，总有一些人具备好的舌头能辨别阳光的壮烈与阴柔——阳光那时刻像是一碟精心调制的小菜，差一些些，在食家的口中已自有高下了。

这样想，使我悲哀，因为盘中的阳光之味在时代的进程中似乎日渐清淡起来。

光之触

八月的时候，我在埃及，沿着尼罗河自北向南，从开罗逆流而溯。一直往路可索、帝王谷、亚斯文诸地经过。那是埃及最热的天气，晒两天，就能让人换过一层皮肤。

由于埃及阳光可怕的热度，我特别留心到当地人的穿戴，北非各地，夏天的衣着也是一袭长袍长袖的服装，甚至头脸全包扎起来。我问一位埃及人："为什么太阳这么大，你们不穿短袖的衣服，反而把全身包扎起来呢？"他的回答很妙："因为太阳实在太大，短袖长袖同样热，长袖反而可以保护皮肤。"

在埃及八天的旅行，我在亚斯文旅店洗浴时，发现皮肤一层一层地脱落，如同干去的黄叶。埃及经验使我真实感受到阳光的威力，它不只是烧灼着人，甚至是刺痛、鞭打、揉搓着人的肌肤，阳光热烘烘地把我推进一个不可回避的地方，每一秒的照射都能真实地感应。

后来到了希腊，在爱琴海滨，阳光也从埃及那种磅礴波澜里进入一个细致的形式，虽然同样强烈地包围着我们。海风一吹，阳光在四周汹涌，有浪大与浪小的时候，我感觉希腊的阳光像水一样推涌着，好像手指的按摩。

再来是意大利，阳光像极文艺复兴时代米开朗琪罗的雕像，开朗强壮，但给人一种美学的感应，那时阳光是轻拍着人的一双手，让我们面对艺术时真切地清醒着。

到了中欧诸国，阳光简直成为慈和温柔的怀抱，拥抱着我们。我感到相当的惊异，因为同是八月盛暑，阳光竟有着种种变化的触觉：或狂野、或壮朗、或温和、或柔腻，变化万千，加以欧洲空气的干燥，更触觉到阳光直接的照射。

那种触觉简直不只是肌肤的，也是心灵的，我想起中国的一个寓言：

有一个瞎子，从来没有见过太阳，有一天他问一个好眼睛的人，"太阳是什么样子呢？"

那人告诉他，"太阳的样子像个铜盘。"

瞎子敲了敲铜盘，记住了铜盘的声音，过了几天，他听见敲钟的声音，以为那就是太阳了。

后来又有一个好眼睛的人告诉他，"太阳是会发光的，就像蜡烛一样。"

瞎子摸摸蜡烛，认出了蜡烛的形式，又过了几天，他摸到一支箫，以为这就是太阳了。

他一直无法搞清太阳是什么样子。

瞎子永远不能看见太阳的样子，自然是可悲的，但幸而瞎子同样能有阳光的触觉。寓言里只有手的触觉，而没有心灵的触觉，失去这种触觉，就是好眼睛的人，也不能真正知道太阳的。

冬天的时候，我坐在阳台上晒太阳，同一个下午的太阳，我们能感觉到每一刻的触觉都不一样，有时温暖得让人想脱去棉衫，有时一片云飘过，又冷得令人战栗。晒太阳的时候，我觉得阳光虽大，它却是活的，是宇宙大心灵的证明，我想只要真正地面对过阳光，人就不会觉得自己是神，是万物之主宰。

只要晒过太阳，也会知道，冬天里的阳光是向着我们，但走远了，夏天则又逼近，不管什么时刻，我们都触及了它的存在。

记得梭罗在瓦尔登湖畔，清晨吸到新鲜空气，希望将那空气用瓶子装起，卖给那些迟起的人。我在晒太阳时则想，是不是有一种瓶子可以装满阳光，卖给那些没有晒过太阳的人呢？

每一天出门的时候，我们对阳光有没有触觉呢？如果没有，我们的感官能力正在消失，因为当一个人对阳光竟能无感，如果说他能对花鸟虫鱼、草木山河有观，都是自欺欺人的了。

有情生

我很喜欢英国诗人布雷克的一首短诗:

> 被猎的兔每一声叫,
> 就撕掉脑里的一根神经;
> 云雀被伤在翅膀上,
> 一个天使止住了歌唱。

因为在短短的四句诗里,他表达了一个诗人悲天悯人的胸怀,看到被猎的兔子和受伤的云雀,诗人的心情化做兔子和云雀,然后为人生写下了警语。这首诗可以说暗暗冥合了中国佛家的思想。

在我们眼见的四周生命里(也就是佛家所言的"六道众生"),是不是真是有情的呢? 中国佛家所说的"仁人爱物"是不是说明着物与人一样的有情呢?

每次我看到林中歌唱的小鸟,总为它们的快乐感动;看到天际结成人字、一路南飞的北雁,总为它们互助相持感动;看到喂饲着乳鸽的母鸽,总为它们的亲情感动;看到微雨里比翼双飞的燕子,总为它们的情爱感动。这些长着翅膀的飞禽，处处都显露了天真的情感，更不要说在地上体躯庞大，头脑发达的走兽了。

　　甚至，在我们身边的植物，有时也表达着一种微妙的情感，或者更确切地说是机缘和生命力；只要我们仔细观察那些在阳光雨露中快乐展开叶子的植物，感觉高大树木的精神和呼吸，体会那正含苞待开的花朵，还有在原野里随风摇动的小草，都可以让人真心地感到动容。

　　有时候，我又觉得怀疑，这些简单的植物可能并不真的有情，它的情是因为和人的思想联系着的；就像佛家所说的"从缘悟达"；禅宗里留下许多这样的见解，有的看到翠竹悟道，有的看到黄花悟道，有的看到夜里大风吹折松树悟道，有的看到牧牛吃草悟道，有的看到洞中大蛇吞食蛤蟆悟道，都是因无情物而观见了有情生。世尊释迦牟尼也因夜观明星悟道，留下"因星悟道，悟罢非星，不逐于物，不是无情"的精语。

　　我们对所有无情之物表达的情感也应该做如是观。吕洞宾有两句诗"一粒粟中藏世界，半升铛内煮山川"，原是把世界山川放在个人的有情观照里；就是性情所至，花草也为之含情脉脉的意思。正是有许多草木原是无心无情，若要能触动人的灵机则颇有余味。

　　我们可以意不在草木，但草木正可以寄意；我们不要叹草木无情，因草木正能反映真性。在有情者的眼中，蓝田能日暖，良玉可以生烟；朔风可以动秋草，边马也有归心；蝉噪之中林愈静，鸟鸣声里山更幽；甚至感时的花会溅泪，恨别的鸟也惊心……何况是见一草一木于性情之中呢？

常春藤

在我家巷口有一间小的木板房屋，居住着一个卖牛肉面的老人。那间木板屋可能是一座违章建筑，由于年久失修，整座木屋往南方倾斜成一个夹角，木屋处在两座大楼之间，破败老旧，仿佛随时随地都要倾颓散成一片片木板。

任何人路过那座木屋，都不会有心情去正视一眼，除非看到老人推着面摊出来，才知道那里原来还有人居住。

但是在那断板残瓦南边斜角的地方，却默默地生长着一株常春藤，那是我见过最美的一株，许是长久长在阴凉潮湿肥沃的土地上，常春藤简直是毫无忌惮地怒放着，它的叶片长到像荷叶一般大小，全株是透明翡翠的绿，那种绿就像朝霞照耀着远远群山的颜色。

沿着木板壁的夹角，常春藤几乎把半面墙长满了，每一株绿色的枝条因为被夹壁压着，全往后仰视，好像往天空伸出了一排厚大的手掌；除了往墙上长，它还在地面四周延伸，盖满了整个地面，近看有点像还没有开花的荷花池了。

我的家里虽然种植了许多观叶植物，我却独独偏爱木板屋后面的那片常春藤。无事的黄昏，我在附近散步，总要转折到巷口去看那棵常春藤，有时看得发痴，隔不了几天去看，就发现它完全长成不同的姿势，每个姿势都美到极点。

有几次是清晨，叶片上的露珠未干，一颗颗滚圆地随风在叶上转来转去，我再仔细地看它的叶子，每一片叶都是完整饱满的，丝毫没有一丝残缺，而且没有一点尘迹；可能正因为它长在夹角，连灰尘都不能至，更不要说小猫小狗了。我爱极了长在巷口的常春藤，总想移植到家里来种一株，几次偶然遇到老人，却不敢开口。因为它正长在老人面南的一个窗口，倘若他也像我一样珍爱他的常春藤，恐怕不肯让人剪裁。

有一回正是黄昏，我蹲在那里，看到常春藤又抽出许多新芽，正在出神之际，老人推着摊车要出门做生意，木门咿呀一声，他对着我露出了善意的微笑，我趁机说："老伯，能不能送我几株您的常春藤？"

他笑着说："好呀，你明天来，我剪几株给你。"然后我看着他的背影背着夕阳向巷子外边走去。

老人如约送了我常春藤，不是一两株，是一大把，全是他精心挑拣过，长在墙上最嫩的一些。我欣喜地把它种在花盆里。

没想到第三天台风就来了，不但吹垮了老人的木板屋，也把一整株常春藤吹得没有影踪，只剩下一片残株败叶，老人忙着整建家屋，把原来一片绿意的地方全清扫干净，木屋也扶了正。我觉得怅然，将老人送我的一把常春藤要还给他，他只要了一株，他说："这种草的耐力强，一株就要长成一片了。"

老人的常春藤只随便一插，也并不见他施水除草，只接受阳光和雨露的滋润。我的常春藤细心地养在盆里，每天晨昏依时浇水，同样也在阳台上接受阳光和雨露。

然后我就看着两株常春藤在不同的地方生长，老人的常春藤愤怒地抽芽拔叶，我的是温柔地缓缓生长；他的芽愈抽愈长，叶子愈长愈大；我的则是芽愈来愈细，叶子愈长愈小。比来比去，总是不及。

那是去年夏天的事了。现在，老人的木板屋有一半已经被常春藤覆盖，甚至长到窗口；我的花盆里，常春藤已经好像长进宋朝的文人画里了，细细地垂覆枝叶。我们研究了半天，老人说："你的草没有泥土，它的根没有地方去，怪不得长不大。呀！还有，恐怕它对这块烂泥地有了感情呢！"

非洲红

三年前，我在一个花店里看到一株植物，茎叶全是红色的，虽是盛夏，却溢着浓浓秋意。它被种植在一个深黑色滚着白边的磁盆里，看起来就像黑夜雪地里的红枫。卖花的小贩告诉我，那株红植物名字叫"非洲红"，是引自非洲的观叶植物。我向来极爱枫树，对这小圆叶而颜色像枫叶的非洲红自然也爱不忍释，就买来摆在书房窗口外的阳台，每日看它在风中摇曳。非洲红是很奇特的植物，放在室外的时候，它的枝叶全是血一般的红；而摆在室内就慢慢地转绿，有时就变得半红半绿，在黑盆子里煞是好看。它叶子的寿命不久，隔一两月就全部落光，然后在茎的根头又一夜之间抽放出绿芽，一星期之间又是满头红叶了。使我真正感受到时光变异的快速，以及生机的运转。年深日久，它成为院子里，我非常喜爱的一株植物。

去年我搬家的时候，因为种植的盆景太多，有一大部分都送人了。新家没有院子，我只带了几盆最喜欢的花草，大部分的花草都很强韧，可以用卡车运载，只有非洲红，它的枝叶十分脆嫩，我不放心搬家工人，因此用一个木箱子把它固定装运。

没想到一搬了家，诸事待办，过了一星期安定下来以后，我才想到非洲红的木箱；原来它被原封不动地放在阳台，打开以后，发现盆子里的泥土全部干裂了，叶子全部落光，连树枝都萎缩了。我的细心反而害了一株植物，使我伤心良久，妻子安慰我说："植物的生机是很强韧的，我们再养养看，说不定能使它复活。"

我们便把非洲红放在阳光照射得到的地方，每日晨昏浇水，夜里我坐在阳台上喝茶的时候，就怜悯地望着它，并无力地祈祷它的复活。大约过了一星期左右，有一日清晨我发现，非洲红抽出碧玉一样的绿芽，含羞地默默地探触它周围的世界，我和妻子心里的高兴远胜过我们辛苦种植的郁金香开了花。

我不知道非洲红是不是真的来自非洲，如果是的话，经过千山万水的移植，经过花匠的栽培而被我购得，这其中确实有一种不可言说的缘分。而它经过苦旱的锻炼竟能从裂土里重生，它的生命是令人吃惊的。现在我的阳台上，非洲红长得比过去还要旺盛，每天张着红红的脸蛋享受阳光的润泽。

由非洲红，我想起中国北方的一个童话《红泉的故事》。它说在没有人烟的大山上，有一棵大枫树，每年枫叶红的秋天，它的根渗出来一股不息的红泉，只要人喝了红泉就全身温暖，脸色比桃花还要红，而那棵大枫树就站在山上，看那些女人喝过它的红泉水，它就选其中最美的女人抢去做媳妇，等到雪花一落，那个女人也就变成枫树了。这当然是一个虚构的童话，可是中国人的心目中确实认为枫树也是有灵的。枫树既然有灵，与枫树相似的非洲红又何尝不是有灵的呢？

在中国的传统里，人们认为一切物类都有生命、有灵魂、有情感，能和人做朋友，甚至恋爱和成亲了。同样的，人对物类也有这样的感应。我有一位朋友，他的兰花如果不幸死去，他会痛哭失声，如丧亲人。我的灵魂没有那样纯洁，但是看到一棵植物的生死会使人喜悦或颓唐，恐怕是一般人都有过的经验吧！

非洲红变成我最喜欢的一株盆景，我想除了缘分，就是它在死到最绝处的时候，还能在一盆小小的土里重生。

紫茉莉

我对那些接着时序在变换着姿势，或者是在时间的转移中定时开合，或者受到外力触动而立即反应的植物，总是保持着好奇和喜悦的心情。

那种在园子里的向日葵或是乡间小道边的太阳花，是什么力量让它们随着太阳转动呢？难道只是对光线的一种敏感？

像平铺在水池的睡莲，白天它摆出了最优美的姿势，为何在夜晚偏偏睡成一个害羞的球状？而昙花正好和睡莲相反，它总是要等到夜深人静的时候，才张开笑颜，放出芬芳。夜来香、桂花、七里香，总是愈黑夜之际愈能品味它们的幽香。

还有含羞草和捕虫草，它们一受到摇动，就像一个含羞的姑娘默默地颔首。还有冬虫夏草，明明冬天是一只虫，夏天却又变成一株草。

在生物书里我们都能找到解释这些植物变异的一个经过实验的理由，这些理由对我却都是不足的。我相信在冥冥中，一定有一些精神层面是我们无法找到的，在精神层面中说不定这些植物都有一颗看不见的心。

能够改变姿势和容颜的植物，和我关系最密切的是紫茉莉花。

我童年的家后面有一大片未经人工垦殖的土地，经常开着美丽的花朵，有幸运草的黄色或红色小花，有银合欢黄或白的圆形花，有各种颜色的牵牛花，秋天一到，还开满了随风摇曳的芦苇花……就在这些各种形色的花朵中，到处都夹生着紫色的小茉莉花。

紫茉莉是乡间最平凡的野花，它们整片整片地丛生着，貌不惊人，在万绿中却别有一番姿色。在乡间，紫茉莉的名字是"煮饭花"，因为它在有露珠的早晨，或者白日中天的正午，或者是星满天空的黑夜都紧紧闭着；只有一段短短的时间开放，就是在黄昏夕阳将下的时候，农家结束了一天的劳作，炊烟袅袅升起的时候，才像突然舒解了满怀心事，快乐地开放出来。

每一个农家妇女都在这个时间下厨做饭，所以它被称为"煮饭花"。

这种一二年或多年生的草本植物，生命力非常强盛，繁殖力特强，如果在野地里种一株紫茉莉，隔一年，满地都是紫茉莉花了；它的花期也很长，从春天开始一直开到秋天，因此一株紫茉莉一年可以开多少花，是任何人都数不清的。

最可惜的是，它一天只在黄昏时候盛开，但这也是它最令人喜爱的地方。曾有植物学家称它是"农业社会的计时器"，当它开放之际，乡下的孩子都知道，夕阳将要下山，天边将会飞来满空的红霞。

我幼年的时候，时常和兄弟们在屋后的荒地上玩耍，当我们看到紫茉莉一开，就知道回家吃晚饭的时间到了。母亲让我们到外面玩耍，也时常叮咛："看到煮饭花盛开，就要回家了。"我们遵守着母亲的话，经常每天看紫茉莉开花才踩着夕阳下的小路回家，巧的是，我们回到家，天就黑了。

从小，我就有点痴，弄不懂紫茉莉为什么一定要选在黄昏开，曾多次坐着看满地含苞待放的紫茉莉，看它如何慢慢地撑开花瓣，出来看夕阳的景色。问过母亲，她说："煮饭花是一个好玩的孩子，玩到黑夜迷了路变成的，它要告诉你们这些野孩子，不要玩到天黑才回家。"

母亲的话很美，但是我不信，我总认为紫茉莉一定和人一样是喜欢好景的，在人世间又有什么比黄昏的景色更好呢？因此它选择了黄昏。

紫茉莉是我童年里很重要的一种花卉，因此我在花盆里种了一棵，它长得很好，可惜在都市里，它恐怕因为看不见田野上黄昏的好景，几乎整日都开放着，在我盆里的紫茉莉可能经过市声的无情洗礼，已经忘记了它祖先对黄昏彩霞最好的选择了。

我每天看到自己种植的紫茉莉，都悲哀地想着，不仅是都市的人们容易遗失自己的心，连植物的心也在不知不觉中迷失了。

蝴蝶的种子

我在院子里，观察一只蛹，如何变成蝴蝶。

那只蛹咬破了壳，全身湿软地从壳中钻了出来，它的翅膀卷曲皱缩成一团，它站在枝丫上休息晒太阳，好像钻出壳已经用了很大的力气。

它慢慢地、慢慢地，伸直翅膀，飞了起来。

它在空中盘桓了一下子，很快地找寻到一朵花，它停在花上，专注、忘情地吸着花蜜。

我感到非常吃惊，这只蝴蝶从来没有被教育怎么飞翔，从来没有学习过如何去吸花蜜，没有爸爸妈妈教过它，这些都是它的第一次，它的第一次就做得多么精确而完美呀！

我想到，这只蝴蝶将来还会交配、繁衍、产卵、死亡，这些也都不必经由学习和教育。

然后，它繁衍的子孙，一代一代，也不必教育和学习，就会飞翔和采花了。

一只蝴蝶是依赖什么来安排它的一生呢？未经教育与学习，它又是如何来完成像飞翔或采蜜如此复杂的事呢？

这个世界不是有很多未经教育与学习就完美展现的事吗？鸟的筑巢、蜘蛛的结网多么完美！孔雀想谈恋爱时，就开屏跳舞！云雀有了爱意，就放怀唱歌；天鹅和娃鱼历经千里也不迷路；印度豹与鸵鸟天生就是赛跑高手。

这些都使我相信轮回是真实的。

一只蝴蝶乃是带着前世的种子投生到这个世界，在它的种子里，有一个不可动摇的信念：

"我将飞翔！我将采蜜！我将繁衍子孙！"

在那只美丽的蝴蝶身上，我看到空间的无限与时间的流动，深深地感动了。

风铃

我有一个风铃，是朋友从欧洲带回来送我的，风铃由五条钢管组成，外形没有什么特殊，特殊的是，垂直挂在风铃下的木片，薄而宽阔，大约有两个手掌宽。

由于那用来感知风的木片巨大，因此风铃对风非常敏感，即使是极细微的风，它也会叮叮当当地响起来。

风铃的声音很美，很悠长，我听起来一点也不像铃声，而是音乐。

风铃，是风的音乐，使我们在夏日听着感觉清凉，冬天听了感到温暖。

风是没有形象、没有色彩，也没有声音的，但风铃使风有了形象、有了色彩，也有了声音。

对于风，风铃是觉知、观察与感动。

每次，我听着风铃，感知风的存在，这时就会觉得我们的生命如风一样地流过，几乎是难以掌握的，因此我们需要心里的风铃，来觉知生命的流动、观察生活的内容、感动于生命与生命的偶然相会。

有了风铃，风虽然吹过了，还留下美妙的声音。

有了心的风铃，生命即使走过了，也会留下动人的痕迹。

每一次起风的时候，每一步岁月的脚步，都会那样真实地存在。

松子茶

朋友从韩国来，送我一大包生松子，我还是第一次看到生的松子，晶莹细白，颇能想起"空山松子落，幽人应未眠"那样的情怀。

松子给人的联想自然有一种高远的境界，但是经过人工采撷、制造过的松子是用来吃的，怎么样来吃这些松子呢？我想起饭馆里面有一道炒松子，便征询朋友的意见，要把那包松子下油锅了。

朋友一听，大惊失色："松子怎么能用油炒呢？"

"在台湾，我们都是这样吃松子的。"我说。

"罪过，罪过，这包松子看起来虽然不多，你想它是多少棵松树经过冬雪的锻炼才能长出来的呢？用油一炒，不但松子味尽失，而且也损伤了我们吃这种天地精华的原意了。何况，松子虽然淡雅，仍然是油性的，必须用淡雅的吃法才能品出它的真味。"

"那么，松子应该怎么吃呢？"我疑惑地问。

"即使在生产松子的韩国，松子仍然被看作珍贵的食品，松子最好的吃法是泡茶。"

"泡茶？"

"你烹茶的时候，加几粒松子在里面，松子会浮出淡淡的油脂，并生松香，使一壶茶顿时津香润滑，有高山流水之气。"

当夜，我们便就着月光，在屋内喝松子茶，果如朋友所说的，极平凡的茶加了一些松子就不凡起来了；那种感觉就像是在遍地的绿草中突然开起优雅的小花，并且闻到那花的香气，我觉得，以松子烹茶，是最不辜负这些生长在高山上历经冰雪的松子了。

"松子是小得不能再小的东西，但是有时候，极微小的东西也可以做情绪的大主宰，诗人在月夜的空山听到微不可辨的松子落声，会想起远方未眠的朋友，我们对月喝松子茶也可以说是独尝异味，尘俗为之解脱，我们一向在快乐的时候觉得日子太短，在忧烦的时候又觉得日子过得太长，完全是因为我们不能把握像松子一样存在我们生活四周的小东西。"朋友说。

朋友的话十分有理，使我想起人自命是世界的主宰，但是人并非这个世界唯一的主人。就以经常遍照的日月来说，太阳给了万物的生机和力量，并不单给人们照耀；而在月光温柔的怀抱里，虫鸟鸣唱，不让人在月下独享，即使是一粒小小松子，也是吸取了日月精华而生，我们虽然能将它烹茶、下锅，但不表示我们比松子高贵。

佛眼和尚在禅宗的公案里，留下两句名言：

水自竹边流出冷，
风从花里过来香。

水和竹原是不相干的，可是因为水从竹子边流出来就显得格外清冷；花是香的，但花的香如果没有风从中穿过，就永远不能为人感知。可见，纵是简单的万物也要通过配合才生出不同的意义，何况是人和松子？

我觉得，人一切的心灵活动都是抽象的，这种抽象宜于联想；得到人世一切物质的富人如果不能联想，他还是觉得不足；倘若是一个贫苦的人有了抽象联想，也可以过得幸福。这完全是境界的差别，禅宗五祖曾经问过："风吹幡动，是风动？还是幡动？"六祖慧能的答案可以作为一个例证："不是风动，不是幡动，是仁者心动。"

仁者，人也。在人心所动的一刻，看见的万物都是动的，人若呆滞，风动幡动都会视而不能见。怪不得有人在荒原里行走时会想起生活的悲境大叹："只道那情爱之深无边无际，未料这离别之苦苦比天高。"而心中有山河大地的人却能说出"长亭凉夜月，多为客铺舒"，感怀出"睡时用明霞作被，醒来以月儿点灯"等引人遐思的境界。

一些小小的泡在茶里的松子，一粒停泊在温柔海边的细沙，一声在夏夜里传来的微弱虫声，一点斜在遥远天际的星光……它全是无言的，但随着灵思的流转，就有了炫目的光彩。记得沈从文这样说过："凡是美的都没有家，流星、落花、萤火，最会鸣叫的蓝头红嘴绿翅膀的王母鸟，也都没有家的。谁见过人蓄养凤凰呢？谁能束缚着月光呢？一颗流星自有它来去的方向，我有我的去处。"

灵魂是一面随风招展的旗子，人永远不要忽视身边事物，因为它也许正可以飘动你心中的那面旗，即使是小如松子。

野姜花

在通化市场散步，拥挤的人潮中突然飞出来一股清气，使人心情为之一爽；循香而往，发现有一位卖花的老人正在推销他从山上采来的野姜花，每一把有五支花，一把十块钱。

老人说他的家住在山坡上，他每天出去种作的时候，总要经过横生着野姜花的坡地，从来不觉得野姜花有什么珍贵。只觉得这种花有一种特别的香。今年秋天，他种田累了，依在村旁午睡，睡醒后发现满腹的香气，清新的空气格外香甜。老人想：这种长在野地里的香花，说不定有人喜欢，于是他剪了一百把野姜花到通化街来卖，总在一小时内就卖光了，老人说："台北爱花的人真不少，卖花比种田好赚哩！"

我买了十把野姜花，想到这位可爱的老人，也记起买野花的人可能是爱花的，可能其中也深埋着一种甜蜜的回忆；就像听一首老歌，那歌已经远去了，声音则留下来，每一次听老歌，我就想起当年那些同唱一首老歌的朋友，他们的星云四散，使那些老歌更显得韵味深长。

第一次认识野姜花的可爱，是许多年前的经验，我们在木栅醉梦

121

溪散步，一位少女告诉我："野姜花的花像极了停在绿树上的小白蛱蝶，而野姜花的叶则像船一样，随时准备出航向远方。"然后我们相偕坐在桥上，把摘来的野姜花一瓣瓣飘下溪里，真像蝴蝶翩翩；将叶子掷向溪里，平平随溪水流去，也真像一条绿色的小舟。女孩并且告诉我："有淡褐色眼珠的男人都注定要流浪的。"然后我们轻轻地告别，从未再相见。

如今，岁月像蝴蝶飞过、像小舟流去，我也度过了很长的一段流浪岁月，仅剩野姜花的兴谢在每年的秋天让人神伤。后来我住在木栅山上，就在屋后不远处有一个荒废的小屋，春天里的桃花像一串晶白的珍珠垂在各处，秋风一吹，野姜花的白色精灵则迎风飞展。我常在那颓落的墙脚独坐，一坐便是一个下午，感觉到秋天的心情可以用两句诗来形容："曲终人不见，江上数峰青。"

记忆如花一样，温暖的记忆则像花香，在寒冷的夜空也会放散。

我把买来的野姜花用一个巨大的陶罐放起来，小屋里就被香气缠绕，出门的时候，香气像远远地拖着一条尾巴，走远了，还跟随着。我想到，即使像买花这样的小事，也有许多珍贵的经验。

有一次赶火车要去见远方的友人，在火车站前被一位卖水仙花的小孩拦住，硬要叫人买花，我买了一大束水仙花，没想到那束水仙花成为最好的礼物，朋友每回来信都提起那束水仙，说："没想到你这么有心！"

又有一次要去看一位女长辈，这位老妇年轻时曾有过美丽辉煌的时光，我走进巷子时突然灵机一动，折回花店买了一束玫瑰，一共九朵。我说："青春长久。"竟把她感动得眼中含泪，她说："已经有十几年的时间没有人送我玫瑰了，没想到，真是没想到还有人送我玫瑰。"说完她就轻轻啜泣起来，我几乎在这种心情中看岁月蹑足如猫步，无声悄然走过，隔了两星期我去看她，那些玫瑰犹未谢尽，原来她把玫瑰连着花瓶冰在冰箱里，想要捉住青春的最后，看得让人心疼。

每天上班的时候，我会路过复兴甫路，就在复兴南路和南京东路的快车道上，时常有一些卖玉兰花的人，有小孩、有少女，也有中年妇人，他们将四朵玉兰花串成一串，车子经过时就敲着你的车窗说："先生，买一串香的玉兰花。"使得我每天买一串玉兰花成为习惯，我喜欢那样的感觉——有人敲车窗卖给你一串花，而后天涯相错，好像走过一条乡村的道路，沿路都是花香鸟语。

印象最深的一次是在东部的东澳乡旅行，所有走苏花公路的车子都要在那里错车。有一位长着一对大眼睛的山地小男孩卖着他从山上采回来的野百合，那些开在深山里的百合花显得特别小巧，还放散着淡淡的香气。我买了所有的野百合，坐在沿海的窗口，看着远方海的湛蓝及眼前百合的洁白，突然兴起一种想法，这些百合开在深山里是很孤独的，唯其有人欣赏它的美和它的香才增显了它存在的意义，再好的花开在山里，如果没有被人望见就谢去，便减损了它的美。

因此，我总是感谢那些卖花的人，他们和我原来都是不相识的，因为有了花魂，我们竟可以在任何时地有了灵犀一点，小小的一把花想起来自有它的魅力。

当我们在随意行路的时候，遇到卖花的人，也许花很少的钱买一把花，有时候留着自己欣赏，有时候送给朋友，不论怎么样处理，总会值回花价的吧！

布袋莲

　　七年前我租住在木栅一间仓库改成的小木屋，木屋虽矮虽破，却因风景无比优美而觉得饶有情趣。

　　每日清晨我开窗向远望去，首先看见的是种植在窗边的累累木瓜树，再往前是一棵高大的榕树，榕树下有一片栽植了蔬菜和鲜花的田园，菜园与花圃围绕起来的是一个大约有半亩地的小湖，不论春夏秋冬，总有房东喂养的鸭鹅在其中嬉戏。

　　我每日在好风好景的窗口写作，疲倦了只要抬头望一望窗外，总觉得胸中顿时一片清朗。

　　我最喜欢的是小湖一角长满了青翠的布袋莲，布袋莲据说是一种繁殖力强的低贱水生植物，有水的地方随便一丢，它就长出来了，而且长得繁茂强健。布袋莲的造型真是美，它的根部是一个圆形的球茎，绿的颜色中有许多层次，它的叶子也很奇特，圆弧似的卷起，好像小孩仰着头望着天空吹着小喇叭。

　　有时候，我会捞几朵布袋莲放在我的书桌上，它失去了水，往往还能绿很长的一段时间，而且它的萎谢也不像一般植物，它是由绿转黄，然后慢慢干去，格外惹人怜爱。

后来，我住处附近搬来一位邻居，他养了几只羊，他的羊不知道为什么喜欢吃榕树的叶子，每天他都要折下一大把榕树叶去喂羊。到最后，他干脆把羊绑在榕树下，爬到树上摘榕叶，才短短几个星期，榕树叶全部被摘光了，剩下光秃秃的树枝，在野风中摇摆褪色的秃枝。

榕树叶吃完了，他说他的羊也爱吃布袋莲。

他特别做了一枝长竹竿来捞取小湖中的布袋莲，一捞就是一大把，一大片的布袋莲没有多久就被一群羊儿吃得一叶不剩。我虽曾几次因制止他而发生争执，但是由于榕树和布袋莲都是野生，没有人种它们，它们长久以来就生长在那里，中年汉子一句"是你种的吗"便把我驳得哑口无言。

我于是憎恨那个放羊的中年汉子。

汉子的养羊技术并不好，他的羊不久就患病了；很快，他也搬离了那里，可是我却过了一个光秃秃的秋天，每次开窗就是一次心酸。

冬天到了，我常独自一个人在小湖边散步，看不见一朵布袋莲，也常抚摸那些被无情折断的榕树枝，连在湖中的鸭鹅都没有往日玩得那么起劲。我常在夜里寒风中，远望在清冷月色下已经死去的布袋莲，心酸得想落泪，我想，布袋莲和榕树都在这个小湖永远地消失了。

熬过冬天，我开始在春天忙碌起来，很怕开窗，自己躲在小屋里整理未完成的文稿。

有一日，旧友来访，提议到湖边去散散步，我诧异地发现榕树不知在什么时候萌发了细小的新芽，那新芽不是一叶两叶，而是千株万株，凡是曾经被折断的伤口边都冒出四五朵小小的芽，远远望去，那棵几乎枯去的榕树仿佛披上了一件缀满绿色珍珠的外套。

布袋莲更奇妙了，那原有的一角都已经铺满，还向两边延伸出去，虽然每一朵都只有一寸长，但因为低矮，它们看起来更加缠绵，深绿还没有长成，是一片翠得透明的绿色。

我对朋友说起那群羊的故事，我们竟为了布袋莲和榕树的重生，快乐得在湖边拥抱起来，为了庆祝生的胜利，当夜我们就着窗外的春光，痛饮至醉。

那时节，我只知道为榕树和布袋莲的新生而高兴，因为那一段日子活得太幸福了，完全不知道它们还有别的意义。

经过几年的沧桑创痛，我觉得情感和岁月都是磨人的，常把自己想成是一棵榕树，或是一片布袋莲。情感和岁月正牧着一群恶羊，一口一口地啃吃着我们原来翠绿活泼的心灵，有的人在这些啃吃中枯死了，有的人失败了，枯死与失败原是必有的事，问题是，东风是不是来？是不是能自破裂的伤口边长出更多的新芽？

我翻开七年前的日记，那一天酒醉后，歪歪斜斜地写了两句话："要为重活的高兴，不要为死去的忧伤。"

银合欢

台湾南部的山区里，有一种终年都盛开着花的植物，它的花长得真像一个个绒线球，花色的大部分是鹅黄色，也有少数变种的可以开出白色或粉红色的花来，它有个非常好听的名字，叫作"银合欢"。

在种满银合欢的山坡地上，远远望去，仿佛遍地长满小小的绒球。最美的时候是晴天的黄昏，稍微有一些晚风，阳光轻浅地穿透银合欢质地温柔的花蕊，微风缓缓地摇曳，竟让人感觉山上的银合欢是至美的花，不像是长在山地野田间的灌木丛。

萎谢的银合欢花，会从花茎中生出长长的荚果，先是柔软的绿色，很快地成熟为褐黑色，最后爆开，细小的种子就随风飘落各处，第二年又长出一丛丛的银合欢树。如果坡地上有一丛银合欢，没有多久它们就盘踞了整个山坡。

在我们乡下，银合欢一直是烧火最好的材料，而且是取用不绝。尤其在贫瘠的土地上，农人通常撒下银合欢的种子，到冬天的时候把遍生的银合欢放火烧掉，它的灰烬很快成为土地最好的肥料，隔年春天，就可以在那里种花生、番薯等容易生长的作物。

童年的时候，我对银合欢有种说不出的好感。这种好感不只是来自它花的美丽，而是它的羽状叶子能编成非常好看的冠冕，它的枝干又常常成为我们手中的剑，也是我们在荒野烤番薯最好的木材。

因此我曾仔细观察银合欢的生长，每天跑到家附近的银合欢丛中，用铅笔在根的最底部画下记号，第二天再跑去看，这样我能真切地感觉到银合欢迅速地自土中拔起，它甚至长得比春天最好的稻禾还要快。平常时候，银合欢一个月大概可以长一尺高，如果在夏天的雨季，或者长在河岸边的银合欢，它们一个月可以长两尺高。常常放一个暑假，本来刚发芽的银合欢就长得和我一样高了。

我从来不能理解，为何长在石头地里，完全没有人照看的银合欢，竟能和时间竞赛似的，奇异地长高。

那时我们家有一个林场，父亲在较低的山坡上种了桃花心木，较高的地方则种南洋杉，它们对时间好像没有感觉，有时一个月也看不到它们长一寸，桃花心木要十年才能收成，南洋杉则要等到十五年。

有一次我问父亲，为什么不把山上都种银合欢呢？它们长得最快。

在林地工作的父亲笑了起来，他说："银合欢长得那么快，可是它不能做家具，甚至不能做木炭。你看这些南洋杉，它长得慢，但是结实，将来才是有用的木材。"

"可是，银合欢也可以做柴火，还能做肥料呀！"我说。

"傻孩子，任何木头都能做柴火，也能做肥料，却不是任何木头都能做家具的。"

虽然银合欢在乡人的眼中是那么无用，连父亲都看不起它，我还是私心里喜欢它，因为它低矮，不像桃花心木崇高；它亲切，不像南洋杉严肃；何况，它在风里是那么好看。

最近读到一篇报告，知道有科学家发现银合欢生长得快速，拿它作为肥料试验。他们在种满银合欢的坡地上空中施肥，记录它的成长，和那些未施肥的银合欢比较，来验证肥料的效果。同样的，也有一部分科学家拿它来做除草剂的试验，这些试验都发现银合欢是最适合用来试验的植物，就像卑微的老鼠常常成为动物解剖与吃食各种毒物的祭品。

这使我对银合欢又生出一些敬意来，它虽不能是崇高巨大的木材，到底，它有许多别的木材所没有的用处，如同乡里的小人物，他们不能成为领导者，却各自在岗位上发挥了大人物不能体知的功能。而且，我相信不论我们如何在银合欢的身上试验、在小老鼠的身上解剖，它们都不会灭绝的。

我想到我在金门时候的一件旧事。在金门古宁头的海边上，就生长了无数的银合欢，在阳光下盛开着花。我从古宁头的望远镜中看大陆沿岸，发现镜中海岸也盛长着银合欢，也开了花。那幅图像深深地印在我的脑海，隔了几年也不能忘却，每在乡间山里看到银合欢就浮现出来。

因为那时银合欢隔海对望，有着浓浓的乡愁，那乡愁的生长力和银合欢一样，一月一尺，隔了一个春天，它就长得和人同样高了。我只是不知，是此岸的种子落到彼岸，还是彼岸的种子被吹到此岸呢？生长在海峡两岸的银合欢有什么不同呢？

第四辑　无风絮自飞

记忆的版图

一位长辈到大陆探亲回来，说到他在家乡遇到兄弟，相对地坐了半天还不敢相认，因为已经一丝一毫都认不出来了。

在他的记忆里，哥哥弟弟都还是剃着光头，蹲在庭前玩泥巴的样子，这是他离开家乡时的影像，经过四十年还清晰一如昨日。经过时间空间的阻隔，记忆如新，反而真实的人物是那样陌生，找不到与记忆的一丝重叠之处。

更使他惊诧的是，他住过的三合院完全不见了，家前的路不见了，甚至家后面的山也铲平了，家前的海也已退到了远方。

他说："我哥哥指着我们站立的地方，说那是我们从前的家，我环顾四周竟流下泪来，如果不是有亲人告诉我，只有我自己站在那里的话，完全认不出来那是我从童年到少年，住过十七年的地方。"

这使他迷茫了，从前的记忆是真实的，眼前的现实也是真实的，但在时间空间中流过时，两者却都模糊，成为两个丝毫不相连的梦境。在此地时，回观彼处是梦，在彼地时，思及此处也是梦了。到最后，反而是记忆中的版图最真实，虽然记忆中的情景已然彻底消失了。

这位长辈回来后怅惘了很久，认为是"四十年来家国，三千里地山河"的缘故，才让他难以跳接起记忆中沦落的事物，其实不然，有时不必走太远，不必经过太久的时光，我们也可以感受到这种怅惘。

我有一个朋友，他每次坐在台北松江路六福客栈的咖啡厅时，总会指着咖啡厅的地板，说："你们相不相信，这一块地是我小时候卧室的所在，我就睡在这个地方，打开窗户就是稻田，白天可以听到蝉声，夜里可以听到青蛙唱歌，这想起来就像是梦一样了。"那梦还不太远，但时空转换，梦却碎得很快。

记忆的版图在我们的心中是真实的，它就如同照相机拍下的照片，这里有我走过的一条路，爬过的一座山；那里有我游过泳、捞过虾的河流；还有我年幼天真值得缅怀的身影。这版图一经确定，有如照相纸在定影液中定影，再也无法改变，于是，当我们越过时空，发现版图改变了，心里就仿佛受到伤害，甚至对时间空间都感到遗憾与酸楚了。

两相对照之下，我们往往否定了现在的真实，因为记忆的版图经过洗涤、美化，像雨雾中的玫瑰，美丽无方，丑陋的现实世界如何可以比拟呢？

其实，在记忆中的事物原来可能不是那么美好的，当时比现在流离、颠沛、贫困，甚至面临了逃难的骨肉离散的苦厄，但由于距离，觉得也可以承受了。现在的真实也不一定丑陋，只是改变了，而我们竟无法承担这种改变。

最近我和朋友在黄昏时走过大汉溪畔，他感慨地说："我从前时常陪伴母亲到溪畔洗衣，那时的大汉溪还清澈见底，鱼虾满布，现在却变成了这样子，真是不可想象的。到现在我还时常恍惚听见母亲捣衣的声音。"朋友言下之意，是当年在大汉溪畔的岁月，包括溪水、远山、母亲的背景、捣衣的杵声，都是非常美丽的。其中有一个最重要的原因，就是他已失去了母亲，没有母亲的大汉溪失去了昔日之美。

我对朋友说："其实，你抬起头来，暂时隐藏你的记忆，你会看见大汉溪还是非常美的，夕阳、彩霞、水草、卵石、鸭群，还有偶尔飞来的白鹭鸶，无一不美。"朋友听了沉默不语，我问说："如果你的母亲还在，你希望她继续来溪边捣衣，还是在家里用洗衣机洗衣服？"朋友笑了。

是的，记忆是记忆，现实是现实，以记忆来判断现实，或以现实来观察记忆，都容易令我们陷入无谓的感伤。

如何才能打破我们心中记忆与现实间的那条界限呢？在我们这一代或上一代，所谓记忆的版图最优美的一段，是农业时代那种舒缓、简单、平静、纯朴、依靠劳力的田园；而我们下一代记忆的版图或我们当下的现实却是急促、复杂、转动、花俏、依靠机械科学生活的城乡。如果我们是现代鬼，就会否定昔日生活的意义；如果我们是怀旧的人，就会否认现代生活之美。这必然使我们的成长变为对立、二元、矛盾、抗争的线。

其实不一定要决然，我想起日本近代的禅学大师铃木大拙，有一次一位沉醉于东方禅学的瑞士籍教授千里迢迢来拜望他，这位瑞士教授提出自己对东方西方分别的见解，他说："使人走向幸福之路的方法有二，一是改变外在的环境，例如热得不堪时，西方人用冷气降低温度。另一方法是改变内部的自己，例如热得不堪时，禅者灭去心头火而得到清凉。前者是西方发达的科学、技术的方法，后者是东方，尤其是禅所代表的、主体的方法。"

这位教授说得真好，并以之就教于铃木大拙。铃木的回答更好，他说："禅并非与科学对立的主观精神，发明冷气机的自觉中就有禅的存在，禅不只是东方过去文化的财产，而是要在现代里生存着、活动着、自觉着的东西，此所以禅不违背科学，而是合乎科学、包括科学、超越科学的。制造更多、更普遍的冷气机，使人人清凉的科学行为中就有禅的存在。"

从这个故事里，我们知道主张空明的禅并非虚无，而是应该涵容时空变迁中一切现实的景况，在两千多年前，禅心固已存在，推到更远的时空中，禅心何尝不在呢？纵使在最科技前卫的时代，一切为人类生活前景而创造的行为中，禅又何尝不在呢？如果要把禅心从科技、方法中独自抽离出来，禅又如何活生生地来救济这个时代的心灵呢？所以说，在燠热难忍的暑天，汗流满地地坐禅固然表现了禅者清凉的风格，若能在空气调节的凉爽屋内坐禅，何尝不能得到开悟的经验呢？

禅心里没有断灭相，在真实的生活中、实际人生的历程中也没有断灭。记忆，乃是从前的现实；现在，则是未来的记忆。一个人若未能以自然的观点来看记忆的推移、版图的改变，就无法坦然无碍地面对当下的生活。

我们在生命中所经验的一切，无非都是一些形式的展现，过去我们面对的形式与目前所面对的形式有差异，我们真实的自我并未改变，农村时代在农田中播种耕耘的少年的我，科技时代在冷气房中办公的中年之我，还是同一个我。

学禅的人有参公案的方法，公案是开发禅者的悟，使其契入禅心。我觉得对参禅的人最简易的方法，就是把自己当成公案，一个人若能把自己的矛盾彻底地统一起来，使其和谐、单纯、柔软、清明，使自己的言行一致，有纯一的绝对性，必然会有开悟的时机。人的矛盾来自于身、口、意的无法纯一，尤其是意念，在时空的变迁与形式的幻化里，我们的意念纷纭，过去的忧伤喜乐早已不在，我们却因记忆的版图仍随之忧伤喜乐，我们时常堕落于形式中，无法使自己成为自己，就找不到自由的入口了。

我喜欢一则《传灯录》的公案：

有一位修行僧去问玄沙师备禅师：

"我是新来的人，什么都不知道，请开示悟入之道。"

禅师沉默地谛听了一阵，反问：

"你能听到河水的声音吗？"

"能听到。"

"那就是你的入处，从那里进入吧！"

在《碧岩录》里也有一则相似的公案：

窗外下着雨的时候，镜清禅师问他的弟子：

"门外是什么声音？"

"是雨的声音。"弟子回答说。

禅师说："太可悯了，众生心绪不宁，迷失了自己，只在追求外面的东西。"河水的声音、雨的声音、风的声音，乃至鸟啼花开的声音，天天都充盈着我们的耳朵，但很少有人能从声音中回到自我，认识到我都是听的主体，返回了自我，一切的听才有意义呀！这天天迷执于听觉的我，究是何人呀！《碧岩录》中还有一则故事，说古代有十六个求道者，一心致力求道都未能开悟，有一天去沐浴时，由于感觉到皮肤触水的快感，十六个人一起突悟了本来面目。每次洗澡时想到这个故事，就觉得非凡的动人，悟的入处不在别地，在我们的眼睛、耳朵、意念、触觉的出入里，是经常存在着的！

我们的记忆正如一条流动的大河，我们往往记住了大河流经的历程、河边的树、河上的石头、河畔的垂柳与鲜花，却常常忘记大河的本身，事实上，在记忆的版图重叠之处，有一些不变的事物，那就是一步一步踏实地、经过种种历练的自我。

在混沌未分的地方，我们或者可以溯源而上，超越记忆的版图，找到一个纯一的、全新的自己！

咸也好，淡也好

一个青年为着情感离别的苦痛来向我倾诉，气息哀怨，令人动容。

等他说完，我说："人生里有离别是好事呀！"

他茫然地望着我。

我说："如果没有离别，人就不能真正珍惜相聚的时刻；如果没有离别，人间就再也没有重逢的喜悦。离别从这个观点看，是好的。"

我们总是认为相聚是幸福的，离别便不免哀伤。但这幸福是比较而来，若没有哀伤作衬托，幸福的滋味也就不能体会了。

再从深一点的观点来思考，这世间有许多的"怨憎会"，在相聚时感到重大痛苦的人比比皆是，如果没有离别这件好事，他们不是要永受折磨，永远沉沦于恨海之中吗？

幸好，人生有离别。

因相聚而幸福的人，离别是好，使那些相思的泪都化成甜美的水晶。

因相聚而痛苦的人，离别最好，雾散云消看见了开阔的蓝天。

可以因缘离散，对处在苦难中的人，有时候正是生命的期待与盼望。

聚与散、幸福与悲哀、失望与希望，假如我们愿意品尝，样样都有滋味，样样都是生命中不可或缺的。

高僧弘一大师，晚年把生活与修行统合起来，过着随遇而安的生活。有一天，他的老友夏丏尊来拜访他，吃饭时，他只配一道咸菜。

夏丏尊不忍地问他，"难道这咸菜不会太咸吗？"

"咸有咸的味道。"弘一大师回答道。

吃完饭后，弘一大师倒了一杯白开水喝，夏丏尊又问："没有茶叶吗？怎么喝这平淡的开水？"

弘一大师笑着说："开水虽淡，淡也有淡的味道。"

我觉得这个故事很能表达弘一大师的道风，夏丏尊因为和弘一大师是青年时代的好友，知道弘一大师在李叔同时代，有过歌舞繁华的日子，故有此问。弘一大师则早就超越咸淡的分别，这超越并不是没有味觉，而是真能品味咸菜的好滋味与开水的真清凉。

生命里的幸福是甜的，甜有甜的滋味。

情爱中的离别是咸的，咸有咸的滋味。

生活的平常是淡的，淡也有淡的滋味。

我对年轻人说："在人生里，我们只能随遇而安，来什么品味什么，有时候是没有能力选择的。就像我昨天在一个朋友家喝的茶真好，今天虽不能再喝那么好的茶，但只要有茶喝就很好了。如果连茶也没有，喝开水也是很好的事呀！"

写在水上的字

生命的历程就像是写在水上的字，顺流而下，想回头寻找的时候总是失去了痕迹，因为在水上写字，无论多么的费力，那水都不能永恒，甚至是不能成型的。

如果我们企图要停驻在过去的快乐里，那真是自寻烦恼，而我们不时从记忆中想起苦难，反而使苦难加倍。生命历程中的快乐和痛苦、欢欣和悲叹只是写在水上的字，一定会在时光里流走。

身如流水，日夜不停流去，使人在闪灭中老去。

心如流水，没有片刻静止，使人在散乱中活着。

身心俱幻正如在流水上写字，第二笔未写，第一笔就流到远方。

爱，也是流水上写字，当我们说爱的时候，爱之念已流到远处。

美丽的爱是写在水上的诗，平凡的爱是写在水上的公文，爱的誓言是流水上偶尔飘过的枯叶，落下时，总是无声地流走。

既然是生活在水上，且让我们顺着水的因缘自然地流下去，看见花开，知道是花的因缘足了，花朵才得以绽放；看见落叶，知道是落叶的因缘足了，树叶才会掉下。在一群陌生人之间，我们总是会遇见那些有缘的人，等到缘尽了，我们就会如梦一样忘记他的名字和脸孔，他也如写在水上的一个字，在因缘中散灭了。

　　我们生活着为什么会感觉到恐惧、惊怖、忧伤与苦恼，那是由于我们只注视写下的字句，却忘记字是写在一条源源不断的水上。水上的草木一一排列，它们互相并不顾望，只顺势流去。人的痛苦是前面的浮草思念着后面的浮木，后面的水泡又想看看前面的浮木。只要我们认清字是写在水上，就能够心无挂碍，没有恐惧，远离颠倒梦想。

　　在汹涌的波涛与急速的漩涡中，顺流而下的人，是不是偶尔抬起头来，发现自己原是水上的一个字呢？

梅香

一个有钱的富人，正在自家的花园里赏梅花。

那是冬日寒冷的清晨，艳红的梅花正以最美丽的姿容吐露，富人颇为自己的花园里能开出这样美丽的梅花，感到无比的快慰。

突然，门外传来敲门的声音，富人去开了门，发现一个衣衫褴褛的乞丐，在寒风里冻得直打抖，那乞丐已在这开满梅花的园外冻了一夜，他说："先生，行行好，可不可以给我一点东西吃？"

富人请乞丐在园门口稍稍等候，转身进入厨房，端来一碗热气腾腾的饭菜，他布施给乞丐的时候，乞丐忽然说："先生，您家的梅花，真是非常芳香呀！"说完了，转身走了出去。

富人呆立在那里，感到非常震惊，他震惊的是，穷人也会赏梅花吗？这是他自己从来不知道的。另一个震惊的是，花园里种了几十年的梅花，为什么自己从来没有闻过梅花的芳香呢？

于是，他小心翼翼地，以一种庄严的心情，生怕惊动了梅花似的悄悄走近梅花，他终于闻到了梅花那储蓄的、清澈的、澄明无比的芬芳，然后他濡湿了眼睛，流下了感动的泪水，为了自己第一次闻到了梅花的芳香。

是的，乞丐也能赏梅花，乞丐也能闻到梅花的香气，有的乞丐甚至在极饥饿的情况下，还能闻到梅花清明的气息。

可见得，好的物质条件不一定能使人成为有口味的人，而坏的物质条件也不会遮蔽人精神的清明，一个人没有钱是值得同情的，一个人一生都不知道梅花的香气一样值得悲悯。

一个人的品质其实与梅花相似，是无形的，是一种气息，我们如果光是赏花的外形，就很难品味到一个人隐在外表内部人格的香气。

最可叹的是，很少有人能回以自我，品赏自己心灵的梅香，大部分人空过了一生，也没体会到隐藏在心灵内部极幽微，但极清澈的自性芳香。

能闻到梅香的乞丐也是富有的人。

现在，让我们一起以一种庄严的心情，走到心灵的花园，放下一切的缠缚，狂心都歇，观闻从我们自性中流露的梅香吧！

无风絮自飞

在我们家乡有一句话，叫"菜瓜藤，肉豆须，分不清"，意思是丝瓜的藤蔓与肉豆的茎须一旦纠缠在一起，是无法分辨的。

因此，像兄弟分家的时候，夫妻离婚的时候，有许多细节部分是无法处理的，老一辈的人就会说："菜瓜藤与肉豆须，分不清呀！"还有，当一个人有很多亲戚朋友，社会关系异常复杂的时候，也可以用这一句。以及一个人在过程中纠缠不清，甚至看不清结局之际，也可以用这一句来形容。

住在都市的人很难理解到这九个字的奥妙，因为他们没有机会看到丝瓜与肉豆藤须缠绵的样子。乡下人谈到人事难以理清的真实情境，一提到这句话都会禁不住莞尔，因为丝瓜与肉豆在乡间是最平凡的植物，几乎家家都有种植。我幼年时代，院子的棚架下就种了许多丝瓜和肉豆，看到它们纠结错综，常常会令我惊异，真的是肉眼难辨，现在回想起来，感觉到现代人复杂难以理清的人际关系，确实像这两种植物藤蔓的纠缠，想找到丝瓜与肉豆的根与果是不难的，但要在生长的过程分辨就非常困难了。

有一次我发了笨心，想要彻底地分辨两者的不同，却把丝瓜和肉豆的茎叶都扯断了。父亲看见了觉得很好笑，就对我说："即使你能分辨这两株植物又有什么意义呢？你只要在它们的根部浇水施肥，好好地照顾让它们长大，等到丝瓜和肉豆长出来，摘下来吃就好了，丝瓜和肉豆都是种来食用的，不是种来分辨的呀！"

父亲的话给我很好的启示，在人生一切关系的对应上也是如此，一个人只要站稳脚跟，努力向上生长，有时不免和别人纠缠，又有什么要紧呢？一忘失自己的立场与尊严，最后就会结出果实来，当果实结成的时候，一切的纠缠就不重要了。

另外一个启示就是自然，万事万物都有其自然的法则，依循这自然的发展，常常回头看看自己的脚跟，才是生命成长正常的态度。种什么样的因会结出什么样的果，是必然的，丝瓜虽与肉豆无法分辨，但丝瓜是丝瓜，肉豆是肉豆，这是永远不会变的，我们能做的就是让丝瓜长出好的丝瓜，让肉豆结出肥硕的肉豆！

丝瓜是依自然之序而生长结果，红花是这样红的，绿叶也是这样绿的，没有人能断绝自然而超越地活在世界，此所以禅师说："不雨花犹落，无风絮自飞。"花与絮的飞落不必因为风雨，而是它已进入了生命的时序。

日本的道元禅师到中国习禅归国后，许多人问他学到了什么，他说："我已真正领悟到眼睛是横着长，鼻子是竖着长的道理，所以我空着手回来。"

听到的人无不大笑，但是立刻他们的笑声都冻结了，因为他们之中没有人知道为何鼻子竖着长而眼睛横着长，这使我们知道，禅心就是自然之心，没有经过人生庄严的历练，是无法领会其中真谛的呀！

木鱼馄饨

深夜到临沂街去访友，偶然在巷子里遇见多年前旧识的卖馄饨的老人，他开朗依旧、风趣依旧，虽然抵不过岁月风霜而有一点佝偻了。

四年前，我客居在临沂街，夜里时常工作到很晚，每天凌晨一点半左右，一阵清越的木鱼声，总是响进我临街的窗口。那木鱼的声音非常准时，天天都在凌晨的时间敲响，即使在风雨来时也不间断。

刚开始的时候，木鱼声带给我一种神秘的感觉，往往令我停止工作，出神地望着窗外的长空，心里不断地想着：这深夜的木鱼声，到底是谁敲起的？它又象征了什么意义？难道有人每天凌晨一时在我住处附近念经吗？

在民间，过去曾有敲木鱼为人报晓的僧侣，每日黎明将晓，他们就穿着袈裟草鞋，在街巷里穿梭，手里端着木鱼滴滴笃笃地敲出低量雄长的声音，一来叫人省睡，珍惜光阴；二来叫人在心神最为清明的五更起来读经念佛，以求精神的净化；三来僧侣借木鱼报晓来布施化缘，得些斋衬钱。我一直觉得这种敲木鱼报佛音的事情，是中国佛教与民间生活相契的一种极好的佐证。

但是，我对于这种失传于阊巷很久的传统，却出现在台北的临沂街感到迷惑。因而每当夜里在小楼上听到木鱼敲响，我都按捺不住去一探究竟的冲动。

冬季里有一天，天空中落着无力的飘闪的小雨，我正读着一册印刷极为精美的《金刚经》，读到最后"一切有为法，如梦幻泡影，如露亦如电，应作如是观"一段，木鱼声恰好从远处的巷口传来，格外使人觉得吴天无极，我披衣坐起，撑着一把伞，决心去找木鱼声音的来处。

那木鱼敲得十分沉重着力，从满天的雨丝里传扬开来，它敲敲停停，忽远忽近，完全不像是寺庙里读经时急落的木鱼。我追踪着声音的轨迹，匆匆地穿过巷子，远远的，看到一个披着宽大布衣、戴着毡帽的小老头子，他推着一辆老旧的摊车，正摇摇摆摆地从巷子那一头走来。摊车上挂着一盏四十烛光的灯泡，随着道路的颠簸，在微雨的暗道里飘摇。一直迷惑我的木鱼声，就是那位老头所敲出来的。

一走近，才知道那只不过是一个寻常卖馄饨的摊子，我问老人为什么选择了木鱼的敲奏，他的回答竟是十分简单，他说："喜欢吃我的馄饨的老顾客，一听到我的木鱼声，他们就会跑出来买馄饨了。"我不禁哑然，原来木鱼在他，就像乡下卖豆花的人摇动的铃铛，或者是卖冰水的小贩手中吸引小孩的喇叭，只是一种再也简单不过的信号。

是我自己把木鱼联想得太远了，其实它有时候仅仅是一种劳苦生活的工具。

老人也看出了我的失望，他说："先生，你吃一碗我的馄饨吧，完全是用精肉做成的，不加一点葱菜，连大饭店的厨师都爱吃我的馄饨呢。"我于是丢弃了自己对木鱼的魔障，撑着伞，站立在一座红门前，就着老人摊子上的小灯，吃了一碗馄饨。在风雨中，我品出了老人的馄饨，确是人间的美味，不亚于他手中敲的木鱼。

后来，我也慢慢成为老人忠实的顾客，每天工作到凌晨的段落，远远听到他的木鱼，就在巷口里候他，吃完一碗馄饨，才继续我一天未完的工作。

和老人熟了以后，才知道他选择木鱼作为馄饨的讯号有他独特的匠心。他说因为他的生意在深夜，实在想不出一种可以让远近都听闻而不至于吵醒熟睡人们的工具，而且深夜里像卖粽子的人大声叫嚷，是他觉得有失尊严而有所不为的，最后他选择了木鱼——让清醒者可以听到他的叫唤，却不至于中断了熟睡者的美梦。

木鱼总是木鱼，不管从什么角度来看它，它仍旧有它的可爱处，即使用在一个馄饨摊子上。

我吃老人的馄饨吃了一年多，直到后来迁居，才失去联系，但每当在静夜里工作，我仍时常怀念着他和他的馄饨。

老人是我们社会角落里一个平凡的人，他在临沂街一带卖了三十年馄饨，已经成为那一带夜生活里人尽皆知的人，他固然对自己亲手烹调后小心翼翼装在铁盒的馄饨很有信心，他用木鱼声传递的馄饨也成为那一带的金字招牌。木鱼在他、在吃馄饨的人来说，都是生活里的一部分。

那一天遇到老人，他还是一袭布衣、还是敲着那个敲了三十年的木鱼，可是老人已经完全忘记我了，我想，岁月在他只是云淡风轻的一串声音吧。我站在巷口，看他缓缓推走小小的摊车消失在巷子的转角，一直到很远了，我还可以听见木鱼声从黑夜的空中穿过，温暖着迟睡者的心灵。

木鱼在馄饨摊子里真是美，充满了生活的美，我离开的时候这样想着，有时读不读经都是无关紧要的事。

西瓜假大边

我打电话给妈妈，请她趁暑假，带孙子到台北来走走。

妈妈一面诉说台北的环境使她头昏，而且天气又是如此燠热，一出远门就不舒服。然后一面轻描淡写地对我说："而且，前几天才闪到腰，刚刚你大哥才带我去针灸回来哩！"

"闪到腰？是不是又去搬粗重的东西？"我着急地问。

大概是听出我话里的焦虑，妈妈说："没什么要紧，可能是上次闪到腰的病母还在呀！"

"什么病母？"这是我首次听到的名词，一边问，一边想起一年前，母亲为了拉开铁门，由于铁门卡住，她太用力，腰就闪到了，数月以后才好。

我的妈妈是典型传统的农村妇女，从少女时代就养成勤俭、事必躬亲的习惯，一直到现在，只要她能做的事，绝不假手他人。甚至到现在，她还每天亲手洗衣服，我们也劝不动她，只有在闪到腰那一阵子，她才肯休息。

"病母就是闪到腰以后，时常会记住一个地方曾经闪过，就会记在脑子里，然后就很容易在同一个地方碰到，就是病母。"妈妈还告诉我，病母虽是无形的，但"看一个影，生一个子"，就会制造出有形的病痛来，总要很久才会连根拔除，到病母拔除的时候，就是"打断手骨颠倒勇"的时候。

妈妈是很乐观的人，她说："这一次，我把病母也抓出来治一治。"

闽南语所说的病母，使我联想到另外一句闽南语叫作"西瓜偎大边"，一般人都以为这句话的意思是一个人趋炎附势，投靠有权势的一边，其实，这句话原来的意思是，像西瓜这样的水果，身体好的人愈吃愈补，身体虚的人愈吃愈虚。

因此，在农村里，我们如果遇到身体虚的人爱吃西瓜，就会劝他"西瓜偎大边"，"半暝呷西瓜，会反症"；如果遇到身体好的人担心西瓜太凉，我们也劝他："西瓜偎大边，像你这么勇，吃西瓜有什么要紧？"

问题不在西瓜上面，问题是在身体，听说西瓜凉冷而导致不敢吃西瓜的人，就是本末倒置了。

在我们闽南语里，早就知道心的力量很大，因此在遭遇到困境的时候，经常教我们应该回来观照自己的心，而不要去怨恨环境的不顺，例如"昧晓驶船，嫌溪窄"（不会驾船的人通常不会反省自己驾船的技术，反而怨怪溪流太窄）。"家已担肥，不知臭"（挑粪的人，久而不闻其臭）。"是不是，问家己"（事情的是非对错，要先反问自己，再责问别人）。

并且，我们还应该时常放下自己的悲观情绪，克服心灵的盲点，因为环境的现象是与心的现象对应的，例如：

"窜惊窜遇到。"（愈担心的事就愈容易遇见。）

"昧晓剃头，偏遇着胡须的。"（不太会剃头的师傅，往往会遇到大胡子的客人。）

"屎紧，裤头搁扑死结。"（急着大便的时候，裤头往往打着死结。）

这些语言虽然粗俗，但很有生命力，与禅宗所讲的"心净则国土净""息心即是息灾"意思是相通的。

在心理学上，有一种系数叫作"乐观系数"或"悲观系数"，这种系数的力量占实际现象的百分之二十。就是说，如果一个人有乐观的心，他比平常会多百分之二十的概率遇到开心的事；反之，如果一个人心情"郁卒"，也会比平常人多百分之二十的概率遇到痛苦的事。这不就是"病母"吗？不就是"西瓜偎大边"吗？我们如果要开开心心过日子，那非得先有一个欢喜的心不可，老祖母不是教过我们"坐乎正，得人疼"吗？

要有欢喜心，一则不要太执着，对自己的习性要常放下，老先觉们时常教我们"无鱼，虾也好""一兼二顾，摸蛤兼洗裤；有就摸蛤，无就洗裤""这溪无鱼，别溪钓"。

一个人如果老是放不下，"一脚户定内，一脚户定外"（一脚在门槛里面，一脚在门槛外面）；或者"柄惊死，放惊飞"（抓着鸟不放，捏太紧怕它死了，放了又怕飞走），那日子就会很难过，就会"烧瓷的吃缺，织席的困椅"（烧瓷器的人用破的碗，织草席的却睡在椅子上）"裁缝师傅穿破衫，做木的师傅没眠床"。

放不下的人，往往是"好额人，乞食命"。明明是很富有的人，却过着像乞丐一样的生活，使我们想起《佛经》里那个不知道衣服里有宝珠的穷人。

要有欢喜心，二则要常有感恩的心，并常常把福分分给别人。

"相分吃有春，相抢吃无份。"（互相分食，就会有剩余，互相抢食，就会吃不够。）

"人情留一线，日后好相看。"

152

"大家赚，卡昧贫。"（大家都有赚钱，才不会穷，不要想所有的钱都自己赚。）

"吃人一斤，要还人四两。"

"食果子，拜树头；食米饭，敬锄头。"

在人生的过程中，遇到不如意的事是正常的，但不要使那不如意成为我们生命中的"病母"，而应该成为我们生命中的"酵母"，增长我们的智慧，常养我们的悲心。

不要害怕吃西瓜，因为有欢喜心的人，吃什么都补。

"欢欢喜喜一工，烦烦恼恼嘛一工"，我们这一天何不欢欢喜喜地来过呢？在痛苦爱欲的人生，许多人在寻找快乐的秘方，却很少有人知道会心不远，欢喜的心才是生命真正的快乐之泉。

佛鼓

　　住在佛寺里，为了看师父早课的礼仪，清晨四点就醒来了。走出屋外，月仍在中天，但在山边极远极远的天空，有一些早起的晨曦正在云的背后，使灰云有了一种透明的趣味，灰色的内部也早就织好了金橙色的衬里，好像一翻身就要金光万道了。

　　鸟还没有全醒，只偶尔传来几声低哑的短啾。听起来像是它们在春天的树梢夜眠有梦，为梦所惊，短短地叫了一声，翻个身，又睡去了。

　　最最鲜明的是醒在树上一大簇一大簇的凤凰花。这是南台湾的五月，凤凰的美丽到了峰顶，似乎有人开了染坊，就那样把整座山染红了，即使在灰蒙的清晨的寂静里，凤凰花的色泽也是非常雄辩的。它不是纯红，但比纯红更明亮，也不是橙色，却比橙色更艳丽。比起沉默站立的菩提树，在宁静中的凤凰花是吵闹的，好像在山上开了花市。

　　说菩提树沉默也不尽然。经过了寒冷的冬季，菩提树的叶子已经落尽，仅剩下一株株枯枝守候春天，在冥暗中看那些枯枝，格外有一种坚强不屈的姿势，有一些生发得早的，则从头到脚怒放着嫩芽，翠绿、透明、光滑、纯净，桃形叶片上的脉络在黑夜的凝视中，片片了了分明。我想到，这样平凡单纯的树竟是佛陀当年成道的地方，自己就在沉默的树与精进的芽中深深地感动着。

这时，在寺庙的角落中响动了木板的啪啪声，那是醒板，庄严、沉重地唤醒寺中的师父。醒板的声音其实是极轻极轻的，一般凡夫在沉睡的时候不可能听见，但出家人身心清净，不要说是醒板，怕是一根树枝落地也是历历可闻的吧！

醒板拍过，天空逐渐有了清明的颜色，但仍是没有声息的，燕子的声音开始多起来，像也是被醒板叫醒，准备着一起做早课了。

然后钟声响了。

佛寺里的钟声悠远绵长，有如可以穿山越岭一般。它深深地渗入人心，带来了一种惊醒与沉静的力量。钟声敲了几下，我算到一半就糊涂了，只知道它先是沉重缓缓的咚嗡咚嗡咚嗡之声，接着是一段较快的节奏，嗡声灭去，仅剩咚咚的急响，最后又回到了明亮轻柔的钟声，在山中余韵袅袅。

听着这佛钟，想起朋友送我们一卷见如法师唱念的《叩钟偈》，那钟的节奏是单纯缓慢的，但我第一次在静夜里听《叩钟偈》，险险落下泪来，人好像被甘露遍洒，初闻天籁，想到人间能有几回听这样美的音声，如何不为之动容呢？

晨钟自与叩钟偈不同，后来有师父告诉我，晨昏的大钟共敲一百〇八下，因为一百〇八下正是一岁的意思。一年有十二个月，有二十四个节气，有七十二候，加起来正合一百〇八，就是要人岁岁年年日日时时都要惊醒如钟。但是另一个法师说一百〇八是在断一百〇八种烦恼，钟声有它不可思议的力量。到底何者为是，我也不能明白，只知道听那钟声有一种感觉，像是一条飘满了落叶尘埃的山径，突然被钟声清扫，使人有勇气有精神爬到更高的地方，去看更远的风景。

钟声还在空气中震荡的时候，鼓响起来了。这时我正好走到大悲殿的前面，看到逐渐光明的鼓楼里站着一位比丘尼，身材并不高大，与她前面的鼓几乎不成比例，但她所击的鼓竟完整地包围了我的思维，甚至包围了整个空间。她细致的手掌，紧握鼓槌，充满了自信，鼓槌在鼓上飞舞游走，姿势极为优美，或缓或急、或如迅雷、或如飙风……

我站在通往大悲殿的台阶上看那小小的身影击鼓，不禁痴了。那鼓，密时如雨，不能穿指；缓时如波涛，汹涌不绝；猛时若海啸，标高数丈；轻时若微风，拂面轻柔；它急切的时候，好像声声唤着迷路者归家的母亲的喊声；它优雅的时候，自在得一如天空飘过的澄明的云，可以飞到世界最远的地方……那是人间的鼓声，但好像不是人间，是来自天上或来自地心，或者来自更邈远之处。

鼓声歇止有一会儿，我才从沉醉的地方被唤醒。这时《维摩经》的一段经文突然闪照着我，文殊师利菩萨问维摩诘居士："何等是菩萨入不二法门？"当场的五千个菩萨都寂静等待维摩诘的回答，维摩诘怎么回答呢？他默不发一语，过了一会儿，文殊师利菩萨赞叹地说："善哉、善哉！乃至无有文字、语言，是真入不二法门。"

后来有法师说起维摩诘的这一沉默，忍不住赞叹地说："维摩诘的一默，有如响雷。"诚然，当我听完佛鼓的那一段沉默里，几乎体会到了维摩诘沉默一如响雷的境界了。

往昔在台北听到日本神鼓童的表演时，我以为人间的鼓无有过于此者，真是神鼓！直到听闻佛鼓，才知道有更高的世界。神鼓童是好，但气喘吁吁，不比佛鼓的气定神闲；神鼓童是苦练出来的，表达了人力的高峰，佛鼓则好像本来就在那里，打鼓的比丘尼不是明星，只是单纯的行者；神鼓童是艺术，为表演而鼓，佛鼓是降伏魔邪，度人出生死海，减少一切恶道之苦，为悲智行愿而鼓，因此妙响云集，不可思议。

最最重要的是，神鼓童讲境界，既讲境界就有个限度；佛是不讲境界的，因而佛鼓无边。不只醒人于迷，连鬼神也为之动容。

佛鼓敲完，早课才正式开始，我坐下来在台阶上，听着大悲殿里的经声，静静地注视那面大鼓，静静的，只是静静地注视那面鼓，刚刚响过的鼓声又如潮汹涌而来。

殿里的燕子也如潮地在面前穿梭细语，配着那鼓声。

无关风月

　　有一年冬天天气最冷的时候，我住在高雄县的佛光山上，我是去度假，不是去朝圣，每天过着与平常一样的生活，睡得很迟。

　　一天，我睡觉时忘了关窗，半夜突然下起雨刮起风，风雨打进窗来把我从沉睡中惊醒。在温热的南部，冬夜里下雨是很稀少的事，我披衣坐起，将窗户关上，竟再也不能入眠。点了灯，屋里清光一脉，桌上白纸一张，在风雨之中，暗夜中的灯光像花瓣里的清露，晶莹而温暖，我面对着那一张本该记录我生活的白纸，竟一个字都无法下笔。

　　我坐在榻榻米上，静听从远方吹来的风声，直到清晨微明的晨光照映入窗，室内的小灯逐渐灰暗下来。这时候，寺庙的晨钟当的一声破空而来，当——当——当——沉厚悠长的钟声逐一声接一声地震响了长空，我才深刻地知觉到这平时扰我清梦的钟声是如此纯明，好像人已站在极高的顶峰，那是空中之音，清澈玲珑，不可凑泊；那是相中之色，羚羊挂角，无迹可寻。

　　我推窗而立，寻觅钟声的来处，不觅犹可，一觅又是我大大地吃了一惊，只见几不可数的和尚和尼姑，都穿着整齐的铁灰色袈裟，分成两排长列，鱼贯地朝钟声走去，天上还下着小雨，他们好像无视于这尘世的风雨，一一走进了钟声的包围之中。

和尚尼姑们都挺直腰杆，微抚着头，我站在高处，看不见任何一个表情，却看到他们剃得精光的头颅在风雨迷茫中闪闪生亮；一刹那，微微的晨光好像便普照了大地。那一长串钟声这时美得惊心，仿佛是自我的心底深处发出来，然后和尚尼姑诵晨经的声音从诵经堂沉厚地扬散出来，那声音不高不低不卑不亢，使大地在苏醒中一下子祥和起来，微风吹遍，我听不清经文，却也不免闭目享受那安宁动人的诵经声。

那真是一次伟大的经验，听晨钟，想晨经，在风雨如晦的一间小小的客房中。

对于和尚尼姑，我一向怀有崇仰的心情，这起源于我深切地知道他们原都是人间最有情的人，而他们物外的心情是由于在人世的浪涛中省悟到情的苦难、情的酸楚、情的无知、情的怨憎，以及情所带给人无边的恼恨与不可解，于是他们避居到远远离开人情的深山海湄，成为心体两忘的隐遁者。

可是，情到底是无涯无际的广辽，他们也不免有午夜梦回的时刻，这时便需要转化、需要升华、需要提醒，暮鼓晨钟在午夜梦回之后的清晨，在彩霞满天、引人遐思的黄昏提醒他们，要从情的轮回中跃动出来，从无边的苦中惊觉到清净的心灵。

诵经则使他们对情的牵系转化到心灵的单一之中，从一遍又一遍单调平和的声音里不断告诫、洗练自己从人世里超脱出来。而他们的升华，乃是自人世里的小情小爱转化成为世人的大同情和大博爱。

到最后，他们只有给予，没有接受，掏心掏肺地去爱一些从未谋面的、在人世里浮沉的人，如果真有天意、真有佛心，也许我们都曾在他们的礼赞中得到一些平和的慰安吧！

　　然而，日复一日的转化、升华和提醒是如此的漫长无尽，那是永远不可能有解答，永远不可能有结局的。虽然只是钟声、经声，以及人间的同情，但都不是很容易的事。

　　我想到人，人要从无情变成有情固然不易，要由有情修得无情或者不动情的境界，原也是这般难呀！

　　苦难终会过去的，和尚与尼姑们诵完经，鱼贯地走回他们的屋子，有一位知客僧来敲我的门，叫我去用早膳。这时我发现，风雨停了，阳光正在山头一边孤独的角落露出脸来。

谦卑心

一

谦卑比慈悲更难。

慈悲是把众生当成自己的子女，从心底生起自然的慈爱与关怀。

谦卑是把众生当成自己的父母，从心底生起自然的尊崇与敬爱。

我们知道，无条件地爱子女是容易的，无条件地敬父母则很少人可以做到。

所以，谦卑比慈悲更难。

二

通常，我们对身份地位权势比我们高的人，容易生起谦卑之念，不易生起悲悯的心。

反而，我们对身份地位权势比我们低的人，容易生起悲悯之念，不易生起谦卑的心。

这是我们的我执未破，在人中有了高低。

修行的人应该训练自己，对众人敬畏位高权重的人，发起悲悯；对地位卑微生活困顿的人，生起谦卑。

有名利地位的人不是也很值得同情悲悯吗？

没有名利地位的人不是也很值得感恩尊敬吗？

对富贵豪强的人悲悯很难，对贫贱残弱者的谦卑更难。

三

悲悯使我们心胸宽广，善于包容；谦卑令我们人格高洁，善于感恩。

慈悲是由感恩而生的，感恩则源于真正的谦卑，骄傲的人是不懂得感恩的，而由于感恩，我们才可以无憾地喜舍。这是四无量心慈、悲、喜、舍的发起，谦卑的感恩是其中的要素。

有一位伟大的噶胆巴上师教导我们，思考某些因果关系，来发展我们的四无量心，这思考的方法是：

"我必须成佛，是第一要务。

我必须发菩提心，这是成佛的因。

悲是发菩提心的因。

慈是悲的因。

受恩不忘是慈的因。

体认众生皆我父母，这个事实是不忘恩的因。

我必须体认这一点！

首先，我必须念念不忘今世母亲的恩，而观想慈。

然后，我必须扩大这种态度，以包括所有还活着的众生。"

透过这种思考，我们可以愉快地观想，不断地念：

"当我快乐时，

愿我的功德流入他人！

愿众生的福泽充满天空！

当我不愉快时，

愿众生的烦恼都变成我的！

愿苦海干涸！"

我们的观想可以得到真实的谦卑，谦卑乃是感恩，感恩乃是慈悲，慈悲乃是菩提！

四

谦卑就是谦虚，还有卑微。

谦虚要如广大的天空，有蔚蓝的颜色，能容受风云日月，不会被雷电乌云遮蔽，而失去其光明。

卑微要如无边的大地，有翠绿的光泽，能承担雨露花树，不会被污秽垃圾沉埋，而失去其生机。

谦虚的天空不会因破坏而嗔恨，卑微的大地不致因践踏而委屈。

永远不生起嗔恨、不感到委屈，是真实的谦卑。

五

我一向不愿穿戴昂贵的服饰，不愿拥有名牌，因为深感自己没有那样名贵。

我一向不喜出入西装革履、衣香鬓影的场合，因为深感自己没有那样高级。

我要谦虚卑微一如山上的一株野草。

谦卑的野草是自在地生活于大地，但野草也有高贵的自尊，顺着野草的方向看去，俯视这红尘大地，会看见名贵高级的人住在拥挤的大楼，只有一个小的窗口。

我不要人人都看见我，但我要有自己的尊严。

六

一株野草、一朵小花都是没有执着的。

它们不会比较自己是不是比别的花草美丽，它们不会因为自己要开放就禁止别人开放。

它们不取笑外面的世界，也不在意世界的嘲讽。

谦卑的心是宛如野草小花的心。

七

宋朝的高僧佛果禅师，在担任舒州太平寺住持时，他的师父五祖法演给了他四个戒律：

一、势不可使尽——势若用尽，祸一定来。

二、福不可受尽——福若受尽，缘分必断。

三、规矩不可行尽——若将规矩行尽，会予人麻烦。

四、好话不可说尽——好话若说尽，则流于平淡。

这四戒比"过犹不及"还深奥，它的意思是"永远保持不及"，不及就是谦卑的态度。

高傲的人常表现出"大愚若智"，谦卑的人则是"大智若愚"。

八

南泉普愿禅师将圆寂的时候，首座弟子问道："师父百年后，向什么处去？"

他说："山下做一头水牯牛去。"

弟子说："我随师父一起去。"

禅师说："你如果想随我去，必须衔一茎草来。"

在举世滔滔求净土的时代，愿做一头山下的水牛，这是真正的谦卑。

九

释迦牟尼佛在行菩萨道时，曾在街上对他见到的每一个众生礼拜，即使被喝骂棒打也不停止，只因为他相信众生都是未来佛，众生都可以成佛。

我们做不到那样，但至少可以在心里做到对每一众生尊敬顶礼，做到印光大师说的："看人人都是菩萨，只有我是凡夫。"

是的，只有我是凡夫，切记。

十

我愿，常起感恩之念。

我愿，常生谦卑之心。

我愿，我的谦卑永远向天空与大地学习。

第五辑　万物的心

雪的面目

就像我们站在雪中，什么也不必说，就知道雪了。

在雪中清醒的孤独，总比在人群中热闹的寂寞与迷惑要好些。雪，在某一个层次上，像极了我们的心。

在赤道上，一位小学老师努力地给儿童说明"雪"的形态，但不管他怎么说，儿童也不能明白。

老师说：雪是冷的东西。儿童就猜测：雪是像冰淇淋一样。

老师说：雪是粗粗的东西。儿童就猜测：雪是像沙子一样。

老师始终不能告诉孩子雪是什么，最后，他考试的时候，出了"雪"的题目。结果有几个儿童这样回答："雪是淡黄色、味道又冷又咸的沙。"

这个故事使我们知道，有一些事情的真相，用语言是难以表白的，对于没有看见过雪的人，我们很难让他知道雪。像雪这样可看的、有形象的事物都无法明明白白地讲，那么，对于无声无色、没形象、不可捕捉的意念，如何能够清楚地表达呢？

我们要知道雪，只有自己到有雪的国度。

那些写着最热烈的优美的情书的，不一定是最爱我们的人；那些陪我们喝酒吃肉搭肩拍胸的，不一定是真的朋友；那些嘴里说着仁义道德的，不一定有人格的馨香；那些签了约的字据中呀，也有背弃和撕毁的时候！

这个世界最美好的事，都是语言文字难以形容与表现的。

那么，让我们保持适度的沉默吧！在人群中，静观谛听，在独处的时候，保持灵敏。

雪，冷而清明，纯净优美，在某一个层次上，像极了我们的心。

雪梨的滋味

不知道为什么，所有的水果里，我最喜欢的是梨；梨不管在什么时间，总是给我一种凄清的感觉。我住处附近的通化街，有一条卖水果的街，走过去，在水银灯下，梨总是洁白地从摊位中跳脱出来，好像不是属于摊子里的水果。

总是记得我第一次吃水梨的情况。

在乡下长大的孩子，水果四季不缺，可是像水梨和苹果却无缘会面，只在梦里出现。我第一次吃水梨是在一位亲戚家里，亲戚刚从外国回来，带回一箱名贵的水梨，一再强调它是多么不易地横越千山万水来到。我抱着水梨就坐在客厅的角落吃了起来，因为觉得是那么珍贵的水果，就一口口细细地咀嚼着，谁想到吃不到一半，水梨就变黄了，我站起来，告诉亲戚："这水梨坏了。"

"怎么会呢？"亲戚的孩子惊奇着。

"你看，它全变黄了。"我说。

亲戚虽一再强调，梨削了一定要一口气吃完，否则就会变黄的，但是不管他说什么，我总不肯再吃，虽然水梨的滋味是那么鲜美，我的倔强把大人都弄得很尴尬，最后亲戚笑着说："这孩子还是第一次吃梨呢！"

后来我才知道，梨的变黄是因为氧化作用，私心里对大人们感到歉意，却也来不及补救了。从此我一看到梨，就想起童年吃梨时令人脸红的往事，也从此特别的喜欢吃梨，好像在为着补偿什么。

在我的家乡，有一个旧俗，就是梨不能分切来吃，因为把梨切开，在乡人的观念里认为这样是要"分离"的象征。我们家有五个孩子，常常望着一两个梨兴叹，兄弟们让来让去，那梨最后总是到了我的手里，妈妈的理由很简单：因为我身体弱，又特别爱吃水梨。

直到家里的经济好转，台湾也自己出产水梨，那时我在外地求学，每到秋天，我开学要到学校去，妈妈一定会在我的行囊里悄悄塞几个水梨，让我在客运车上吃。我虽能体会到妈妈的爱，却不能深知梨的意义。直到我踏入社会，回家的日子经常匆匆，有时候夜半返家，清晨就要归城，妈妈也会分外起早，到市场买两个水梨，塞在我的口袋里，我坐在疾行的火车上，就把水梨反复地摩挲着，舍不得吃，才知道一个小小的水梨，竟是代表了妈妈多少的爱意和思念，这些情绪在吃水梨时，就像梨汁一样，满溢了出来。

有一年暑假，我为了爱吃梨，跑到梨山去打工，梨山的早晨是清冷的，水梨被一夜的露气冰镇，吃一口，就凉到心底。由于农场主人让我们免费吃梨，和我一起打工的伙伴们，没几天就吃怕了，偏就是我百吃不厌，每天都是吃饱了水梨，才去上工。那一年暑假，是我学生时代最快乐的暑假，梨有时候不只象征分离，它也可以充满温暖。

记得爸爸说过一个故事，他们生在日本人盘踞的时代，他读小学的时候，日本老师常拿出烟台的苹果和天津的雪梨给他们看，说哪一天打倒中国，他们就可以在山东吃大苹果，在天津吃天下第一的雪梨。爸爸对梨的记忆因此有一些伤感，他每吃梨就对我们说一次这个故事，梨在这时很不单纯，它有国仇家恨的滋味。日本人为了吃上好的苹果和梨，竟用武士刀屠杀了数千万中国同胞。

有一次，我和妻子到香港，正是天津雪梨盛产的季节，有很多梨销到香港，香港卖水果的摊子有供应"雪梨汁"，一杯五元港币，在我寄住的旅馆楼下正好有一家卖雪梨汁的水果店，我们每天出门前，就站在人车喧闹的尖沙咀街边喝雪梨汁；雪梨汁的颜色是透明的，温凉如玉，清香不绝如缕，到现在我还无法用文字形容那样的滋味；因为在那透明的汁液里，我们总喝到了似断还未断的乡愁。

天下闻名的天津雪梨，表皮有点青绿，个头很大，用刀子一削，就露出晶莹如白雪的肉来，梨汁便即刻随刀锋起落滴到地上。我想，这样洁白的梨，如果染了血，一定会显得格外殷红，我对妻子说起爸爸小学时代的故事，妻子说："那些梨树下不知道溅了多少无辜的血呢！"

可惜的只是，那些血早已埋在土里，并没有染在梨上，以至于后世的子孙，有许多已经对那些梨树下横飞的血肉失去了记忆。可叹的是，日本人恐怕还念念不忘天津雪梨的美味吧！

水梨，现在是一种普通的水果，满街都在叫卖，我每回吃梨，就有种种滋味浮上心头；最强烈的滋味是日本人给的，他们曾在梨树下杀过我们的同胞，到现在还对着梨树喧嚷，满街过往的路客，谁想到吃梨有时还会让人伤感呢？

林边莲雾

到南部演讲，一位计程车司机来看我，送我一袋莲雾。

他说："这莲雾不同于一般莲雾，你一定会喜欢的。"

"这莲雾有什么不同吗？"我把莲雾拿起来端详，发现它的个儿比一般莲雾小一点，颜色较深，有些接近枣红。

"这是林边的莲雾，是我家乡的莲雾呀！"他说。

"林边不是生产海鲜吗？什么时候也出产莲雾呢？"我看着眼前这位出身于海边，而在城市里谋生的青年，他还带着极强的纯朴勇毅的乡村气息。

青年告诉我，林边的海鲜很有名，但它的莲雾也很有名，只可惜产量少，只有下港人才知道，不太可能运送到北部。加上林边莲雾长得貌不起眼，黑黑小小的，如果不知味的人，也不会知道它的珍贵。

来自林边的青年拿起一个他家乡的莲雾，在胸前衬衫上来回擦了几下，莲雾的光泽便显露出来，然后他递给我叫我当场吃下去。

"要不要洗一下？"我说。

"免啦，海边的莲雾很少洒农药。"

我们便在南方旅店里吃起林边莲雾了，果然，这莲雾与一般的不同，它结实香脆、水分较少、比一般莲雾甜得多，一点也吃不出来是种在海边的咸地上。我把莲雾的感想告诉了青年，他非常开心地笑起来，说："我就知道你会喜欢，今天我出门要来听你的演讲，对我太太说想送一袋莲雾给你，她还骂我神经，说：'莲雾也不是什么贵重的东西！'我就说了：'心意是最贵重的，这一点林先生一定会懂。'"

我听了，心弦震了一下，我说："即使不是林边的莲雾，我也会喜欢的。"

"那可不同，其他莲雾怎么可以和林边的相比！"他理直气壮地说道。

我也学着他的样子，拿一个莲雾在胸前搓搓，就请他吃了，我们两人就那样大嚼林边莲雾，甚至忘记这是他带来的礼物，或是我在请他吃。

话题还是林边莲雾，我说："很奇怪，林边靠海岸，怎么可能生出这样好吃的莲雾？"

"因为林边的地是咸的，海风也是咸的，莲雾树吸收了这些盐分，所以就特别香甜了。"他说。

"既然吸收的盐分，怎么会变成香甜呢？"

"它是一种转化呀！海边水果都有这种能力，像种在海岸的西瓜、香瓜、番茄，都比别的地方香甜，只可惜长得不够大，不被重视。也可以说是一种对比，就像我们吃水果，再不甜的水果只要沾盐吃，感觉也会甜一些。"这一段话真是听得我目瞪口呆，从盐分变成香甜感觉上是那样的自然。

看我有点发怔，青年说："这很容易懂的，就像如果我们拿糖做肥料，种出来的不一定甜，前一阵子不是有些农人在西瓜藤上打糖精吗？那打了糖精的西瓜说多难吃，就有多难吃！"在那一刻，我感觉眼前的林边青年，就是一位哲学家。后来，他告辞了，我独自坐在旅舍里看着窗外黯淡的大地，吃枣红色的林边莲雾，感受到一种难以言说的滋味，感念这青年开老远的车，送我如此珍贵的礼物，也感念他给我的深刻启发。

在生命里确实是这样的，有时我们是站在咸地上，有时还会被咸风吹拂，这是无可奈何的景况，不过，如果我们懂得转化、对比，在逆境中或者可以开出更香脆甜美的果实。

这样想来，林边莲雾是值得欢喜赞叹的，它有深刻的生命力，因而我吃它的时候，也不禁有庄严的心情。

万物的心

　　每次走到风景优美、绿草如茵、繁花满树的地方，我都会在内心升起一种感恩的心情，感恩这世界如此优美、如此青翠、如此繁华。

　　我常觉得，所谓"风水好"，就是空气清新、水质清澈的所在。

　　所谓"有福报"，就是住在植物青翠、花树繁华的所在。

　　所谓美好的心灵，就是能体贴万物的心，能温柔对待一草一木的心灵。

　　我们眼见一株草长得青翠、一朵花开得缤纷，这都是非常不易的，要有好风水、好福报、受到美好心灵的照护，唯有体会到一花一草都象征了万物的心，我们才能体会禅师所说的"青青翠竹皆是法身，郁郁黄花无非般若"的真意——每一株竹子里都宝藏佛的法身，每一朵黄花里都开满了智慧呀！

　　这我们所眼见的万象，看起来如此澄美幽静，其实有着非常努力的内在世界，每一株植物的根都忙着从地里吸收养料与水分，茎忙着输送与流通，叶子在进行光合作用，整株植物的每一个细胞都在大口地呼吸——其实，树是非常忙的，这种欣欣向荣正是禅宗所说的"森罗万象许峥嵘"的意思。

树木为了生命的美好而欣欣向荣，想要在好风好水中生活，建立生命的福报的人，是不是也要为迈向生命的美好境界而努力向前呢？

　　平静的树都能唤起我们的感恩之心，何况是翩翩的彩蝶、凌空的飞鸟，以及那些相约而再来的人呢？

飞入芒花

母亲蹲在厨房的大灶旁边，手里拿着柴刀，用力劈砍香蕉树多汁的草茎，然后把剁碎的小茎丢到灶中大锅，与馊水同熬，准备去喂猪。

我从大厅迈过后院，跑进厨房时正看到母亲额上的汗水反射着门口射入的微光，非常明亮。

"妈，给我两角。"我靠在厨房的木板门上说。

"走！走！走！没看到没闲吗？"母亲头也没抬，继续做她的活儿。

"我只要现金角银。"我细声但坚定地说。

"要做什么？"母亲被我这异乎寻常的口气触动，终于看了我一眼。

"我要去买金唻。"金唻是三十年前乡下孩子唯一能吃到的糖，浑圆的，坚硬糖球上粘了一些糖粒。一角钱两粒。

"没有钱给你买金唻。"母亲用力地把柴刀剁下去。

"别人都有？为什么我们没有？"我怨愤地说。

"别人是别人，我们是我们，没有就是没有，别人做皇帝，你怎么不去做皇帝！"母亲显然动了肝火，用力地剁香蕉块，柴刀砍在砧板上咚咚作响。

"做妈妈是怎么做的？连两角钱买金唉都没有？"

母亲不再作声，继续默默工作。

我那一天是吃了秤锤铁了心，冲口而出："不管，我一定要！"说着就用力踢厨房的门板。

母亲用尽力气，柴刀咔的一声站立在砧板上，顺手抄起一根竹管，气急败坏地一言不发，劈头劈脑就打了下来。

我一转身，飞也似的蹦了出去，平常，我们一旦忤逆了母亲，只要一溜烟跑掉，她就不再追究，所以只要母亲一火，我们总是一口气跑出去了。

那一天，母亲大概是气极了，并没有转头继续工作，反而快速地追了出来。我正好奇的时候，发现母亲的速度异乎寻常的快，几乎像一阵风一样，我心里升起一种恐怖的感觉，想到脾气一向很好的母亲，这一次大概是真正生气了，万一被抓到一定会被狠狠打一顿。母亲很少打我们，但只要她动了手，必然会把我们打到讨饶为止。

边跑边想，我立即选择了那条火车路的小径，那是家附近比较复杂而难走的小路，整条都是枕木，铁轨还通过旗尾溪，悬空架在上面，我们天天都在这里玩耍，路径熟悉，通常母亲追我们的时候，我们就选这条路跑，母亲往往不会追来，而她也很少把气生到晚上，只要晚一点回家，让她担心一下，她气就消了，顶多也就是数落一顿。

那一天真是反常极了，母亲提着竹管，快步地跨过铁轨的枕木追过来，好像不追到我不肯罢休。我心里虽然害怕，却还是有恃无恐，因为我的身高已经长得快与母亲平行了，她即使尽全力也追不上我，何况是在火车路上。

我边跑还边回头望母亲，母亲脸上的表情是冷漠而坚决的，我们一直维持着二十几公尺的距离。

"唉呦！"我跑过铁桥时，突然听到母亲惨叫一声，一回头，正好看到母亲扑跌在铁轨上面，噗的一声，显然跌得不轻。

我的第一个反应，一定很痛！因为铁轨上铺的都是不规则的石子，我们这些小骨头跌倒都痛得半死，何况是妈妈？

我停下来，转身看母亲，她一时爬不起来，用力搓着膝盖，我看到鲜血从她的膝上汩汩流出，鲜红色的，非常鲜明。母亲咬着牙看我。

我不假思索地跑回去，跑到母亲身边，用力扶她站起来，看到她腿上的伤势实在不轻，我跪下去说："妈，您打我吧！我错了。"

母亲把竹管用力地丢在地上，这时，我才看见她的泪从眼中急速地流出，然后她把我拉起来，用力抱着我，我听到火车从很远的地方开过来。

我用力拥抱着母亲说："我以后再也不敢了。"

这是我小学二年级时的一幕，每次一想到母亲，那情景就立即回到我的脑海，重新显影。我记忆中的母亲，那是她最生气的一次。其实母亲是个很温和的人，她最不同的一点是，她从来不埋怨生活，很可能她心里是埋怨的，但她嘴里从不说出，我这辈子也没听她说过一句粗野的话。

因此，母亲是比较倾向于沉默的，她不像一般乡下的妇人喋喋不休。这可能与她的教育与个性都有关系。在母亲的那个年代，她算是幸运的，因为受到初中的教育，日据朝代的乡间能读到初中已算是知识分子，何况是个女子。在我们那方圆几里内，母亲算是知识丰富的

181

人，而且她写得一手娟秀的字，这一点是我小时候引以为傲的。

我的基础教育来自母亲，很小时候她就把《三字经》写在日历纸上让我背诵，并且教我习字。我如今写得一手好字就是受到她的影响，她常说："别人从你的字里就可以看出你的为人和性格了。"

早期的农村里，一般孩子的教育都落在母亲的身上，因为孩子多，父亲光是养家已经没有余力教育孩子。我们很幸运的，有一位明理的、有知识的母亲。这一点，我的姐妹体会得更深刻，她考上大学的时候，母亲力排众议对父亲说："再苦也要让她把大学读完。"在二十年前的乡间，给女孩子去读大学是需要很大的决心与勇气的。

母亲的父亲——我的外祖父——在他居住的乡里是颇受敬重的士绅，日据时代在政府机构任职，又兼营农事，是典型读传家的知识分子，他连续拥有了八个男孩，晚年才生下母亲，因此，母亲的童年与少女时代格外受到钟爱，我的八个舅舅时常开玩笑地说："我们八个兄弟合起来，还比不上你母亲受的宠爱。"

母亲嫁给父亲是"半自由恋爱"，由于祖父有一块田地在外祖父家旁，父亲常到那里去耕作，有时借故到外祖父家歇脚喝水，就与母亲相识，互相间谈几句，生起一些情意，后来祖父央媒人去提亲，外祖父见父亲老实可靠，勤劳能负责任，就答应了。

父亲提起当年为了博取外祖父母和舅舅们的好感，时常挑着两百多公斤的农作物在母校家前来回走过，才能顺利娶回母亲。

其实，父亲与母亲在身材上不是相配的，父亲是身高一米八的巨汉，母亲的身高只有一米五，相差达三十公分。我家有一幅他们的结婚照，母亲站着到父亲耳际，大家都觉得奇怪，问起来，才知道宽大的婚纱礼服里放了一个圆凳子。

母亲是嫁到我们家才开始吃苦的，我们家的田原广大，食指浩繁，是当地少数的大家族。母亲嫁给父亲的头几年，大伯父二伯父相继过世，家外的事全由父亲撑持，家内的事则由二伯母和母亲负担，一家三十几口衣食，加上养猪饲鸡，辛苦与忙碌可以想见。

我印象里还有几幕影像鲜明的静照，一幕是母亲以蓝底红花背巾背着我最小的弟弟，用力撑着猪栏要到猪圈里去洗刷猪的粪便。那时母亲连续生了我们六个兄弟姐妹，家事操劳，身体十分瘦弱。我小学一年级，幺弟一岁，我常在母亲身边跟进跟出，那一次见她用力撑着跨过猪圈，我第一次体会到母亲的辛苦而落下泪来，如今那条蓝底红花背巾的图案还时常浮现出来。

另一幕是，有时候家里缺乏青菜，母亲会牵着我的手，穿过家前的一片芒花，到番薯田里去采番薯叶，有时候到溪畔野地去摘鸟莶菜或芋头的嫩茎。有一次母亲和我穿过芒花的时候，我发现她和新开的芒花一般高。芒花雪样的白，母亲的发墨一般的黑，真是非常的美。那时感觉到能让母亲牵着手，真是天下最幸福的事儿。

还有一幕是，大弟因小儿麻痹死去的时候，我们都忍不住大声哭泣，唯有母亲以双手掩面悲号，我完全看不见她的表情，只见到她的两道眉毛一直在那里抽动。依照习俗，死了孩子的父母在孩子出殡那天，要用拐杖击打棺木，以责备孩子的不孝，但是母亲坚持不用拐杖，她只是扶着弟弟的棺木，默默地流泪，母亲那时样子，到现在在我心中还鲜明如昔。

还有一幕经常上演的，是父亲到外面去喝酒彻夜未归，如果是夏日的夜晚，母亲就会搬着藤椅坐在晒谷场说故事给我们听，讲虎姑婆，或者孙悟空，讲到孩子都睁不开眼睛而倒在地上睡着。

有一回，她说故事到一半，突然叫起来说："呀！真美。"我们回过头去，原来是我们家的狗互相追逐跑进前面那一片芒花，栖在芒花里无数的萤火虫哗然飞起，满天星星点点，衬着在月光下波浪一样摇曳的芒花，真是美极了。美得让我们都呆住了，我再回头，看到那时才三十岁的母亲，脸上流露着欣悦的光泽，在星空下，我深深觉得母亲是多么美丽，只有那时母亲的美才配得上满天的萤火。

于是那一夜，我们坐在母亲的身侧，看萤火虫一一地飞入芒花，最后，只剩下一片宁静优雅的芒花轻轻摇动，父亲果然未归，远处的山头晨曦微微升起，萤火虫在芒花中消失。

我和母亲的因缘也不可思议，她生我的那天，父亲急急跑出去请产婆来接生，产婆还没有来的时候我就生出来了，是母亲拿起床头的剪刀亲手剪断我的脐带，使我顺利地投生到这个世界。

年幼的时候，我是最令母亲操心的一个，她为我的病弱不知道流了多少泪，在我急病的时候，她抱着我跑十几里路去看医生，是常有的事，尤其在大弟死后，她对我的照顾更是无微不至，我今天能有很棒的身体，是母亲在十几年间仔细调护的结果。

我的母亲是这个世界上无数的平凡人之一，却也是这个世界上无数伟大的母亲之一，她是那样传统，有着强大的韧力与耐力，才能从艰苦的农村生活过来，不丝毫怀忧怨恨，她们那一代的生活目标非常的单纯，只是顾着丈夫、照护儿女，几乎从没有想过自己的存在，在我的记忆中，母亲的忧病都是因我们而起，她的快乐也是因我们而起。

不久前，我回到乡下，看到旧家前的那一片芒花已经完全不见了，盖起一间一间的秀天厝，现在那些芒花呢？仿佛都飞来开在母亲的头上，母亲的头发已经花白了，我想起母亲那年轻时候走过芒花的黑发，不禁百感交集。尤其是父亲过世以后，母亲显得更孤单了，头发也更白了，这些，都是她把半生的青春拿来抚育我们的代价。

童年时代，陪伴母亲看萤火虫飞入芒花的星星点点，在时空无常的流变里也不再有了，只有当我望见母亲的白发时才想起这些，想起萤火虫如何从芒花中哗然飞起，想起母亲脸上突然绽放的光泽，想起在这广大的人间，我唯一的母亲。

玫瑰奇迹

有一天，突然兴起这样的念头：到台北我曾住过的旧居去看看！于是冒着满天的小雨出去，到了铜山街、罗斯福路、安和路，也去了景美的小巷、木栅的山庄、考试院旁的平房……

虽然我是用一种平常的态度去看，心中也忍不住波动，因为有一些房子换了邻居，有的改建大楼，有的则完全夷为平地了，站在雨中，我想起从前住在那些房子中的人声笑语，如真如幻，如今都流远了。

我觉得一个人活在这个时空里，只是偶然的与宇宙天地擦身而过，人与人的擦身是一刹那，人与房子的擦身是一眨眼，人与宇宙的擦身何尝不是一弹指呢？我们寄居在宇宙之间，以为那是真实的，可是蓦然回首，发现只不过是一些梦的影子罢了。

我们是寄居于时间大海洋边的寄居蟹，踽踽终日，不断寻找着更大、更合适的壳，直到有一天，我们无力再走了，把壳还给世界。一开始就没有壳，到最后也归于空无，这是生命的实景，我与我的肉身只是淡淡地擦身而过。

我很喜欢一位朋友送我的对联，他写着：

来是偶然，

走是必然。

每天观望着滚滚红尘，想到这八个字，都使我怅然！

可是，人间的某些擦肩而过，是不可忽视的，如果有情有义又有天真的心，就会发现生命没有比擦肩而过的一刻更美的。

我们在生命中的偶然擦肩，是因缘中最大的奇迹。世界原来就是这样充满奇迹，一朵玫瑰花自在开在山野，那是奇迹；被剪来在花市里被某一个人挑选，仍是奇迹；然后带着爱意送给另一个人，插在明亮的窗前，仍是奇迹。

因此，我们可以这样说：对一朵玫瑰而言，生死虽是必然，在生与死的历程中，却有许多美丽的奇迹。

人生也是如此，每一个对当下因缘的注视，都是奇迹。

我在从前常买花的花店买了一朵鹅黄色的玫瑰，沿着敦化南路步行，对每一个擦肩而过的人微笑致意，就好像送玫瑰给他们一样。

我不可能送玫瑰给每一个人，那么，就让我用最诚挚的心、用微笑致意来代替我的玫瑰吧！我们在生命中的每一个相会也是偶然的擦肩而过，在我们相会的一弹指，我深信那就是生命最大、最美、最珍贵的奇迹！

生命的出口

坐在窗边喝茶看报纸，读到一则消息：一个高中女生为情跳楼自尽，第二天，他的男友从桥上跳入河心，也自杀了。

这时候，一只小黄蜂从窗外飞了进来，在室内绕了两圈，再回到原来的窗户，竟然就飞不出去了。

可怜小黄蜂不知道世上竟有玻璃这种东西，明明看见屋外的山，却飞不出去，在玻璃窗上撞得"咚咚"作响。

忙了一阵子，眼看无路可走了，它停在玻璃上踱步，好像在思考一样，想了半天，小黄蜂突然飞起来，绕了一圈，从它闯进来的纱窗缝隙飞了出去，消失在空中。

小黄蜂的举动使我感到惊奇，原来黄蜂是会思考的，在无路可出之际，它会往后回旋，寻找出路。

对照起来，人的痴迷使我感到迷茫了。

对于陷入情感里的男女，是不是正像闯入一个房子的小黄蜂，等到要飞出去时已找不到进入的路口？是不是隔在人与生活中的情感玻璃使我们陷入绝境呢？隔着玻璃看见的山水和没有玻璃相隔的山水是一样的，但为什么就走不出去呢？

在这样的绝境，为什么人不会像小黄蜂退回原来的位置。绕室一圈，来寻生命的出口呢？是不是人在情感上比小黄蜂还要冲动？是不是由于人的结构更加细密，所以失去像小黄蜂那种单纯的思维？是不是一只小黄蜂也比人更珍惜生命呢？

对这一层一层涌起的问题，我也无力回答，我只知道人在身陷绝境时，更应该懂得静心，懂得冷静地思考。在生命找不到出路时，要后退一步，关照全局。或者，就在静心与关照时，生命的出路就显现出来了。

昨日当我们年轻时，在情感挫折的时候，都会想过了结生命，以解脱一切的痛苦与纠葛。

何况，活着，或者死去，世界并不会有什么改变。情感也不会变得深刻，反而失去再创造再发展的生机，岂不可惜复可怜？

正如一只山上飞来的黄蜂，如果刚刚撞玻璃而死，山林又有什么改变呢？现在它飞走了，整个山林都是它的，它可飞或者不飞，它可以跳舞或者不跳舞……它可以有生命的许多选择，它的每一个选择都会比死亡更生动而有趣呀！

第一次情感失败没有死的人，可能找到更深刻的情感。

第二次情感受挫没有死的人，可能找到更幸福的人生。

许多次在情感里困苦受难的人，如果有体验，一定会更触及灵性的深度。

我这样想着，但是我并不谴责那些殉情的人，而是感到遗憾，他们自己斩断了一切幸福的可能。

我的心里有深深的祝福，祝福真有来生，可以了却他们的爱恋痴心。

可叹的是，幸福的可能是今生随时可以创造的，而来生，谁能知道呢？

马缨丹翻身

台北市区的安全岛上，行人道旁，开满了一大片紫的、黄的、白的、红的小花，繁华美丽。

走近一看，才发现是马缨丹花，不知道什么时候开始，马缨丹竟已弥漫了整个城市。

马缨丹攻略了城市，使我感到惊奇，那是因为马缨丹原是乡间极为粗贱的花，蔓生于田野、坡地与林间，虽然它的花朵很美，有如散落的小星星；它的花期很长，从春天可以一直开到冬天。但是，它一向不为人喜欢。

马缨丹不受欢迎，有很大部分来自它的名字。在乡下，我们叫它"死人花"，那是因为马缨丹的花会发出一种怪味，似香非香，又经常盖满了坟地。其次，是它的生命力太强了，稍不留意，就会抢去作物的生机，对于这种除之不尽的花，乡人都会感叹地说："有够臭贱！"

像马缨丹这种花，在台湾乡下是不登大雅之堂的，既不会被植于花园，也不会被种于庭院。

与马缨丹一字之差的金合欢，又叫作"马缨花"，待遇是大有差别的。乡下人认为，有如烟火盛放的金合欢，充满了喜气；而同样盛放如烟火的马缨丹，则充满了秽气。

马缨丹不管别人的眼光，自兴自谢，犹枯犹荣。

小的时候，我对这些被人离弃的花，有着难言的同情，常常剪下满满的小花，丢入庭前的水缸，水缸霎时热闹，映着天光云影，使我不禁为那不凡的美而痴了。

美丽的马缨丹只有天地，没有是非。俗人俗眼看这种花，只是泄露了自己的粗鄙，于马缨丹又有何损失呢？

在城市里，我经常漫步于马缨丹盛开的街头，这使我感到喜悦，也感到澄明。喜悦的是，马缨丹终于翻身了，能有更多更多的人欣赏到马缨丹的美，趋近一闻，它有独具的味道，非香是香，在强调风格与自我的城市，马缨丹的确是风格独具、自我强烈的花。

使我感到澄明的是，时间与空间的对待并不是单一而绝对的。三十年前的乡间看见的，是粗贱丑怪；三十年后的城市，却是繁华美丽的。我们的人生不也是这样吗？在某一个时间点上，我们的美与价值被忽略了；但只要我们坚持着美与价值，在另一个时间点上，我们的光辉就会确立。在某一个空间上，被视之为怪的，像竹林七贤、扬州八怪，历经千年之后，人们才大梦初醒，看见他们的先知。

内心澄明的人，不会为一时一地的评价，或一时一地的曲解，而改变自己美好的初衷。千山飞越、万里孤鸿，在旅途上，人们往往要从缥缈的鸿影、雪泥的鸿爪去意见鸿，但能意见者众，能意会者寡；能一瞥者多，能惊鸿者少。

有人欣赏，我能站在都城最热闹的街头，与人心心相印；无人欣赏，我也能站在最孤寂的荒地，与天地精神相照。

我是一支非凡的马缨丹，有的人认为我不宜供养佛堂，我知道那是他们的鼠目蛙见；我不在佛堂供养，我在山间供养，佛无所不在，无分别见。

我是一支美丽的马缨丹，有的人认为我不能作为情人爱的信物，我知道那是他们的意韵不足；我不成为花束做信物，我立于永恒之河边见证。

我是一支清雅的马缨丹，有的人认为我不宜作为茶道的瓶花，我知道那是他们的道未会通；我不只在花瓶、不只在茶堂，在天地的任何地方，都是一样的清雅。

或者叫我马缨丹，或者不是。

我是散落的点点繁星，你走过的风中，一直都有我的消息！

飞翔的木棉子

开车从光复南路经过，一路的木棉正盛开，火燃烧了一样，再转罗斯福路、仁爱路、复兴南路、中山北路，都是正向天空招扬的木棉花，每年到这个时候，都市人就知道春天来了，也能感觉到台北不是完全没有颜色的都市。

如果是散步，总会忍不住站在木棉树下张望，或者弯下腰，捡拾几朵刚落下的木棉花，它的姿形与色泽都还如新，却从树上落下了，仿佛又坠落一个春天，夏的脚步向前跨过一步。

木棉落下的声音比任何花都巨大，啪嗒作响，有时真能震动人的心灵，尤其是在都市比较寂静的正午时分，可以非常清晰听见一朵木棉离枝、破风、落地的响声，如果心地足够沉静，连它落下滚动的声息都明晰可闻。

但都市木棉的落地远不如在乡下听来可惊，因为都市之木棉不会结籽是人人都知道而习惯了，因此看到满地木棉花也不觉得稀奇。在我生长的南部乡下，每一朵木棉花都会结果，落下的木棉花就显得可惊。

有一次，我住在亲戚家里，亲戚家里长了两株高大的木棉，春雷响后，木棉开满橙红的花，那种动人的景观只有整群燕子停在电线上差堪比拟。但到了夜半，坐在厢房窗前读书，突然听见木棉花落，声震屋瓦，轰然作响，扯动人的心弦，为什么南方木棉的落地，会带来那么大的震动呢？

那是由于在南方，木棉花在开完后并不凋谢，而在树上结成一颗坚实的果子，到了盛夏，果子在阳光下噗然裂开。这时，木棉果里面的木棉籽会哗然飞起，每一粒木棉籽长得像小钢珠，拖着一丝白色棉花，往远方飞去，有那些裂开时带着弹性之力、且借着风走的木棉籽，可以飞到数里之遥，然后下种、抽芽，长成坚强伟岸的木棉树。这是为什么在乡下广大的田野，偶尔会看见一株孤零零的木棉树，那通常是越过几里村野的一颗小小木棉籽，在那里落地生根的。

所以，乡下木棉花落会引人叹息，因为它预示了有一朵花没有机会结籽、飞翔、落种、成长，尤其当我们看到一朵完整美丽的花落下时特别感到忧伤，会想道：这朵花为何落下，是失去了结籽的心愿呢？还是沉溺自己的美丽而失去了力量？

这些都不可知，但我们看到城市落了满地的木棉花感到可怕，为什么整个城市美丽的木棉花，竟没有一朵结果？更可怕的是，大部分人都以为木棉花掉落是一种必然，甚至忘记这世界上有飞翔的木棉了。

是不是，整个城市的木棉花都失去了结籽与飞翔的心愿呢？

有时候这种对自然的思考，会使我感到迷惑，就在我们这块相连的岛屿，北回归线以南的壁虎叫声非常清澈响亮，以北的壁虎却都是哑巴；若以中央山脉为界，中央山脉以西的白头翁只只白头，以东的同一种鸟却没有白头，被叫作乌头翁。我常常想，如果把南方会叫的壁虎带过北回归线，它还叫不叫？把西边的白头翁带过中央山脉，它的头白不白？

可惜没有人做过这种试验，使我们留下了一些迷思，但有一个例子说不定可以给我们启示性的思考，在中央山脉走到尾端的恒春，由于没有中央山脉为界，同时生长着白头翁与乌头翁，白者自白、黑者自黑；还有沿着北回归线生长的壁虎，有会叫的也有哑巴的，嚣者自嚣、默者自默。那么，或黑或白，或叫嚣或沉默，是不是动物自己的心愿呢？或许是的。这个答案使我们对于都市木棉花的颜色从火的燃烧顿时跌入血的忧伤，它们是失去了结籽的心愿，或是对都市的生存环境做着无言的抗议呢？

当我有时开车经过木棉夹岸的道路，有些木棉滚落到路中央，车子辗过仿佛听到霹雳之声，使人无端想起车轮下的木棉花，如果在南方，它会结出许许多多木棉籽，每一粒都怀抱着神奇的棉花翅膀，每一粒都饱孕着生命的力量，每一粒都怀抱着飞翔到远方的志愿……因为有了这些，每一次木棉花的开启，都如晨光预示了新的开始。都市里不能结籽的木棉花，每一次开启，都宣告了一个春天即将落幕，像火红的一直坠入天际的晚霞。

有一天，我在仁爱路上拾到几朵新凋落的木棉花，捧在手上，还能感觉它在树上犹温的血，那一刻我想：一个人不管处在任何环境，都要坚持心灵深处的某些质地，因为有时生命的意义只在说明一些最初的坚持，放弃生命的坚持的人，到最后就如木棉一样，只有开花的心情，终将失去结籽飞翔的愿力。

幸福的开关

我小时候对汽水有一种特别奇妙的向往，原因不在汽水有什么好喝，而是由于喝不到汽水。我们家是有几十口人的大家族，小孩依次排行就有 18 个之多，记忆里东西仿佛永远不够吃，更别说是喝汽水了。

喝汽水的机会有三种，一种是喜庆宴会，一种是过年的年夜饭，一种是庙会节庆。即使有汽水，也总是不够喝，到要喝汽水时好像进行一个隆重的仪式，18 个杯子在桌上排成一列，依序各倒半杯，几乎喝一口就光了，然后大家舔舔嘴唇，觉得汽水的滋味真是鲜美。

有一回，我走在街上的时候，看到一个孩子喝饱了汽水，站在屋檐下呕气，呕——长长的一声，我站在旁边简直看呆了，羡慕得要死掉，忍不住忧伤地自问："什么时候我才能喝汽水喝到饱？什么时候才能喝到呕气？"因为到读小学的时候，我还没有尝过喝汽水到呕气的滋味，心想，能喝汽水喝到把气呕出来，不知道是何等幸福的事。

当时家里还点油灯，灯油就是煤油，闽南语称作"臭油"或"番仔油"。有一次我的母亲把臭油装在空的汽水瓶里，放置在桌脚旁，我趁大人不注意，一个箭步就把汽水瓶拿起来往嘴里灌，当场两眼翻白，口吐白沫，经过医生的急救才活转过来。为了喝汽水而差一点丧命，后来成为家里的笑谈，却没有阻绝我对汽水的向往。

在小学三年级的时候，有一位堂兄快结婚了，我在他结婚的前一晚竟辗转反侧地失眠了，我躺在床上暗暗地发愿：明天一定要喝汽水喝到饱，至少喝到呕气。

第二天我一直在庭院前窥探，看汽水送来了没有，到上午九点多，看到杂货店的人送来几大箱的汽水，堆叠在一处。我飞也似的跑过去，提了两大瓶的墨松汽水，就往茅房跑去。彼时农村的厕所都盖在远离住屋的几十米之外，有一个大粪坛，几星期才清理一次，我们小孩子平时很恨进茅房的，卫生问题通常是就地解决；因为里面实在太臭了。但是那一天我计划好要在里面喝汽水，那是家里唯一隐秘的地方。

我把茅房的门反锁，接着打开两瓶汽水，然后以一种虔诚的心情把汽水咕嘟咕嘟往嘴里灌，一瓶汽水一会儿就喝光了。几乎一刻也不停的，我把第二瓶汽水灌进腹中。

我的肚子整个胀起来，我安静地坐在茅房地板上，等待着呕气，慢慢的，肚子有了动静，一股沛然莫之能御的气翻涌出来，呕——汽水的气从口鼻冒了出来，冒得我满眼都是泪水，我长长地叹了一口气，"这个世界上再也没有比喝汽水喝到呕气更幸福的事了吧！"然后朝圣一般打开茅房的木栓，走出来，发现阳光是那么温暖明亮，好像从天上回到了人间。

在茅房喝汽水的时候，我忘记了茅房的臭味，忘记了人间烦恼，觉得自己是世上最幸福的人，一直到今天我还记得那天叹息的情景，当我重复地说："这个世界上再也没有比喝汽水喝到呕气更幸福的事了吧！"心里面百感交集，眼泪忍不住就要落下来。

贫困的岁月里，人也能感受到某些深刻的幸福，像我常记得添一碗热腾腾的白饭，浇一匙猪油、一匙酱油，坐在"户定"前细细品味猪油拌饭的芳香，那每一粒米都充满了幸福的香气。

有时幸福来自于看到萝卜田里留下来作种的萝卜，开出一片灿烂的花。

有时幸福来自于家里的大狗突然生出一窝颜色不一样的毛茸茸的小狗。

生命的幸福原来不在于人的环境、人的地位、人所能享受的物质，而在于人的心灵如何与生活对应。因此，幸福不是由外在事物决定的，贫困者有贫困者的幸福，富有者有其幸福，位尊权贵者有其幸福，身份卑微者也自有其幸福。在生命里，人人都是有笑有泪；在生活中，人人都有幸福与忧伤，这是人间世界真实的相貌。

旅店

　　我常常想，生活里的很多记忆像是一个个小小的旅店，而人像乘着一匹不停向前奔的驿马，每次回头，过去的事物就永远成为离自己而去的小小的旅店，所有的欢乐与悲痛，所有的沉淀与激情，甚至所有的成功与失败都在那些旅店里，到当天傍晚我们就要投宿另一个旅店了。

　　因此，对于古代那些有心思在旅店里题诗的书生，我是敬佩的。然而，他们纵是题了诗，又能真的印证什么呢？

　　我们把自己摊平在一条道路上，过去的记忆便成为五颜六色的屋舍绵绵穆穆地展延开来。堂皇富丽的楼宇固然鲜明，更叫人怀念的是，植在荒山僻地飘着酒香的野店。

　　策马入林，看到残冬的苦芩树，寒叶落尽，结子满枝，想起桃花扇哀江南的一折："秋水长天人过少，冷清清的落照，剩一树柳弯腰。"

　　我们的内里不断地酝酿许多感觉，因外在的诱惑而勾引出来。看到一些不相干的事竟会不自觉在脑中浮起一首诗、一幅画，或一首古老的怀念的歌。原来，那些感觉无形中已刻写在路上旅店的墙壁了。

　　有一回马蹄走过一枝枯了的凤凰木下，"最长的一日"的一幕电影便浮现出来：一支倒竖的步枪上，斜挂着暗草色的钢盔，一曲低沉的挽歌在晴空中翻扬。那样的感觉一旦滋长便不再淡下去，一直到看到另一种美才平息下来：秋天的泥土散发着成熟的禾稻的香气，山风盈袖，秋阳展颜。

前人有前人的旅店，在我们的马蹄还没有迈步，那些旅店就存在，且永远地存在下去：

有巢氏削木器而图轮圆；伏羲氏观星象鸟兽之迹而八卦；仓颉仰察星斗回曲之势，俯视山川蜿蜒之形，点画结绳为文字……

前人很多美丽的名字被流传下来，写在一本叫作"历史"的书上，愈是最先建立自己旅店的人，愈是散发古老沉厚的馨香。因此，读书是一种冒险，像骑在马上在充满旅店的路上找一个落脚的地方，如果走入司马相如的店，别忘了沽一坛酒；万一走入曹操的店，就当心脑袋！

走入莎士比亚的店，在炉边他会讲很多让人洒泪的故事。《哈姆雷特》是一个彻彻底底的悲剧，在肃冷的寒夜，北风呼呼，许多军士站在城堡上守卫，使人一开始就有不祥的预感，可是由于莎士比亚用低沉的嗓音和充满诗的语言向我们说这个故事，在凄寒中竟被炉火烤出一种难言的美感。

哈姆雷特有自己的旅店，有自己不可解的道路，策马奔驰，尘土飞扬之处，就注定了他将投宿在刻骨凄凉的地方，他无可奈何地选择了荒冢作为黄昏的客店。哈姆雷特的野店和荆轲的客栈开在一处，我们从那里经过，就感觉到易水的潇潇风冷。荆轲的白衣飘在天际，那样清楚慑人的白颜色，衣袂动处便扬起让人沸腾的悲壮来。那个颜色是理智无法预期的，生命是一种赌注，赌天下苍生。

山鹰坠毁，选择高冈；荆轲选择白颜色陪葬自己的死，只因为白色是素净的颜色、阳光的颜色、最宜于染鲜血的颜色。人的风骨愈在面对危难和死亡愈能显现，我们走在血迹斑斑的路上，一路上都散发着先人侠骨的香气。

有一个冬夜，我到郑板桥的家买画，八仙桌左侧挂着一阕《贺新郎》中有这样几句："二十年湖海常为客，都付与风吹梦杳，雨荒云隔。今日重逢深院里，一种温存犹昔，添多少周旋形迹。"我牵马离开时心里多少有些酸楚，感来意气不论功，魂梦忽惊征马中！人世的奔波，到底是踽踽凉凉，什么地方才能止息？

即使像岳武穆那样铁铮铮的汉子，生活中充满了凄美、悲壮和狂歌，也不禁要感叹："欲将心事付瑶琴，知音少，弦断有谁听？"马上弄笔之际，感知自己未来的历史命运，他也作了无可奈何的选择；把金牌一道一道纳入怀中，仰首天地，映现出满天满江的红霞。

许多记忆写在旅店里，也有许多记忆在路上被遗失，吴弘道的《醉高歌》有这样两句："风尘天外飞沙，日月窗前过马。"在无意有意间，很多事不都是这样吗？

我们往往没有时间或心思静下来欣赏两旁的风景，"好山好水看不足，马蹄催趁明月归"，再回首便是山水千重、两岸猿声的路上，我们要用什么样的心态，在马上，在风尘迢迢、各形各色的旅店中选择呢？

就把住马鞍吧！碧绿的草原上，我不停地奔向一轮不落的朝阳，朝阳之下原始的纯朴和亲情活在每一个山冈的野店里，鸟鸣、花开、鹰扬，大地醒转。

此际，我在马上，回首后顾，三十功名和八千里路的日月风尘，在一刹那都远去了，留下一种不可言说的美。

第六辑　人生的画幅

黑暗的剪影

在新公园散步，看到一个剪影的中年人。他摆的摊子很小，工具也非常简单，只有一把小剪刀、几张纸，但是他剪影的技巧十分熟练，只要三两分钟就能把一个人的形象剪在纸上，而且大部分非常的酷肖。仔细地看，他的剪影上只有两三道线条，一个人的表情五官就在那三两道线条中活生生跳跃出来。

那是一个冬日清冷的午后，即使在公园里，人也是稀少的，偶有路过的人好奇地望望剪影者的摊位，然后默默地离去；要经过好久，才有一些人抱着姑且一试的心理，让他剪影，一张20元。我坐在剪影者对面的铁椅上，看到他生意的清淡，不禁令我觉得他是一个人间的孤独者。他终日用剪刀和纸捕捉人们脸上的神采，而那些人只像一条河从他身边匆匆流去，除了他摆在架子上一些特别传神的，用来做样本的名人的侧影以外，他几乎一无所有。

走上前去，我让剪影者为我剪一张侧脸，在他工作的时候，我淡淡地说："生意不太好呀？"没想到却引起剪影者一长串的牢骚。他说，自从摄影普遍了以后，剪影的生意几乎做不下去了，因为摄影是彩色的，那么真实而明确；而剪影是黑白的，只有几道小小的线条。

他说："当人们太依赖摄影照片时，这个世界就减少了一些可以想象的美感，不管一个人多么天真烂漫，他站在照相机的前面时，就变得虚假而不自在了。因此，摄影往往只留下一个人的形象，却不能真正有一个人的神采；剪影不是这样，它只捕捉神采，不太注意形象。"我想，那位孤独的剪影者所说的话，有很深的道理，尤其是人坐在照相馆灯下所拍的那种照片。

他很快地剪好了我的影，我看着自己黑黑的侧影，感觉那个"影"是陌生的，带着一种连我自己都不敢相信的忧郁，因为他嘴角紧闭，眉头深结，我询问剪影者，他说："我刚刚看你坐在对面的椅子上，就觉得你是个忧郁的人，你知道要剪出一个人的影像，技术固然重要，更重要的是观察。"

剪影者从事剪影的行业已经有二十年了，一直过着流浪的生活，以前是在各地的观光区为观光客剪影，后来观光区也被照相师傅取代了，他只好从一个小镇到另一个小镇出卖自己的技艺，他的感慨不仅仅是生活的，而是"我走的地方愈多，看过的人愈多，我剪影的技术就愈成熟，能够捕捉住人最传神的面貌，可惜我的生意却一天不如一天，有时在南部乡下，一天还不到10个人上门"。

作为一个剪影者，他最大的兴趣是在观察，早先是对人的观察，后来生意清淡了，他开始揣摩自然，剪花鸟树木、剪山光水色。"那不是和剪纸一样了吗？"我说。"剪影本来就是剪纸的一种，不同的是剪纸务求精细，色彩繁多，是中国的写实画；剪影务求精简，只有黑白两色，就像是写意了。"因为他夸说什么事物都可以剪影，我就请他剪一幅题名为"黑暗"的影子。

剪影者用黑纸和剪刀，剪了一个小小的上弦月和几粒闪耀的星星，他告诉我，"本来，真正的黑暗是没有月亮和星星的，但是世间没有真正的黑暗，我们总可以在最角落的地方看到一线光明，如果没有光明，黑暗就不成其为黑暗了。"

我离开剪影者的时候，不禁反复地回味他说过的话。因为有光明的对照，黑暗才显得可怕，如果真是没有光明，黑暗又有什么可怕呢？问题是，一个人处在最黑暗的时刻，如何还能保有对光明的一片向往。

现在这张名为"黑暗"的剪影正摆在我的书桌上，星月疏疏淡淡地埋在黑纸里，好像很不在意似的，"光明"也许正是如此，并未为某一个特定的对象照耀，而是每一个有心人都可以追求。

后来我有几次到公园去，想找那一位剪影的人，却再也没有他的踪迹了，我知道他在某一个角落里继续过着漂泊的生活，捕捉光明或黑暗的人所显现的神采，也许他早就忘记曾经剪过我的影子，这丝毫不重要，重要的是我们在一个悠闲的下午相遇，而他用二十年的流浪告诉我："世间没有真正的黑暗。"即使无人顾惜的剪影也是如此。

好雪片片

在盛夏的信义路上，常常会看到一位流浪的老人。他土头土脸，相貌丑陋，怪怪地穿一件很厚的褪了色的中山装，中山装里还有一件破旧的毛衣。平常他就蹲坐在街角，歪着脖子，看来往的行人，也不说话，只是轻轻地摇动手里的奖券。他很少会站起来走动。当他站起，我才发现他的椅子绑在皮带上，走的时候，椅子摇过来，又摇过去。他脚上穿着一双老式的大皮鞋，摇摇晃晃像陆上的河马。

如果是中午，他就走到卖自助餐摊子的面前，想买一些东西来吃，摊贩看到他，通常会盛一盒便当送给他。他就把吊在臀部的椅子对准臀部，然后坐下去。吃完饭，他就地睡午觉，仍是歪着脖子，嘴巴微张。

到夜晚，他会找一块干净挡风的走廊睡觉，把椅子解下来当枕头，和衣而睡。

我观察流浪汉很久了，他全部的家当都带在身上，几乎终日不说一句话，可能他整年都不洗澡的。从他的相貌看来，应该是北方人，流落到这南方的街头，连最炽热的夏天都穿着家乡的厚衣。

对于街头的这位老人，大部分人都会投以厌恶与疑惑的眼光，小部分人则投以同情。

我每次经过那里，总会向老人买两张奖券，虽然我知道即使每天买两张奖券，对他也不能有什么帮助，但奖券使我感到心安。

记得第一次向他买奖券那一幕，他的手、他的奖券和他的衣服同样的油腻污秽，他缓缓地把奖券撕下，然后在衣袋中摸索着，摸索半天掏出一个小小的红塑料套。这套子竟是崭新的，和他并不相配。

老人小心地把奖券装进红色塑料套，由于手的笨拙，做这个简单的动作也十分艰难。

"不用装套子了。"我说。

"不行的，讨个喜气，祝你中奖！"老人终于笑了，露出有空缺的几颗牙，说出充满乡音的话。他终于装好了，慎重地把红套子交给我，红套子上写着八个字"一券在手，希望无穷"。

后来我才知道，不管是谁买奖券，他总会努力地把奖券装进红套子里。慢慢地我理解了，小红套原来是老人对买他奖券的人一种感激的表达。每次，我总是沉默着耐心等待，看他把心情装进红封套，温暖四处流动着。

和老人逐渐认识后，有一年冬天黄昏，我向他买奖券，他还没有拿奖券给我，先看见我穿了单衣，最上面的两个扣子没有扣。老人说："你这样会冷吧！"然后，他把奖券夹在腋下，伸出那双油污的手，要来帮我扣扣子，我迟疑了一下，但没有退避。

老人花了很大的力气，才把我的扣子扣好，那时我真正感觉到人纯净的善意，在老人为我扣扣子的那一刻，我想起了自己的父亲，鼻子因而发酸。

老人依然是街头的流浪汉，我依然是我，向他买着无关紧要的奖券。但在我们之间，有一些友谊，装在小红套、装在眼睛里、装在不可测的心之角落。

　　我向老人买过很多很多奖券，从未中过奖，但每次接过小红套时，我觉得那一刻已经中奖了，真的是"一券在手，希望无穷"。我的希望不是奖券，而是人的好品质，它不会被任何境况所淹没。

　　"好雪片片，不落别处！"它美丽地落下不见了，但灌溉了我们的心田。

生命的化妆

我认识一位化妆师。她是真正懂得化妆，而又以化妆闻名的。

对于这生活在与我完全不同领域的人，使我增添了几分好奇，因为在我的印象里，化妆再有学问，也只是在皮相上用功，实在不是有智慧的人所应追求的。

因此，我实在忍不住问她，"你研究化妆这么多年，到底什么样的人才算会化妆？化妆的最高境界到底是什么？"

对于这样的问题，这位年华已逐渐老去的化妆师露出一个深深的微笑。她说："化妆的最高境界可以用两个字形容，就是'自然'，最高明的化妆术，是经过非常考究的化妆，让人家看起来好像没有化过妆一样，并且这化出来的妆与主人的身份匹配，能自然表现那个人的个性与气质。次级的化妆是把人突显出来，让她醒目，引起众人的注意。拙劣的化妆是一站出来别人就发现她化了很浓的妆，而这层妆是为了掩盖自己的缺点或年龄的。最坏的一种化妆，是化过妆以后扭曲了自己的个性，又失去了五官的协调，例如小眼睛的人竟化了浓眉，大脸蛋的人竟化了白脸，阔嘴的人竟化了红唇……"

没有想到，化妆的最高境界竟是无妆，竟是自然，这可使我刮目相看了。

化妆师看我听得出神，继续说："这不就像你们写文章一样？拙劣的文章常常是词句的堆砌，扭曲了作者的个性。好一点的文章是光芒四射，吸引了人的视线，但别人知道你是在写文章。最好的文章，是作家自然的流露，他不堆砌，读的时候不觉得是在读文章，而是在读一个生命。"

多么有智慧的人呀！可是，"到底做化妆的人只是在表皮上做工夫！"我感叹地说。

"不对的，"化妆师说，"化妆只是最末的一个枝节，它能改变的事实很少。深一层的化妆是改变体质，让一个人改变生活方式、睡眠充足、注意运动与营养，这样她的皮肤改善、精神充足，比化妆有效得多。再深一层的化妆是改变气质，多读书、多欣赏艺术、多思考，对生活乐观、对生命有信心、心地善良、关怀别人、自爱而有尊严，这样的人就是不化妆也丑不到哪里去，脸上的化妆只是化妆最后的一件小事。我用三句简单的话来说明，三流的化妆是脸上的化妆，二流的化妆是精神的化妆，一流的化妆是生命的化妆。"

化妆师接着做了这样的结论："你们写文章的人不也是化妆师吗？三流的文章是文字的化妆，二流的文章是精神的化妆，一流的文章是生命的化妆。这样，你懂化妆了吗？"

我为这位女性化妆师的智慧而起立向她致敬，深为我最初对化妆师的观点感到惭愧。

告别了化妆师，回家的路上我走在夜黑的地表，有了这样的深刻体悟：这个世界一切的表象都不是独立自存的，一定有它深刻的内在意义，那么，改变表相最好的办法，不是在表相下功夫，一定要从内在里改革。

可惜，在表象上用功的人往往不明白这个道理。

人生的画幅

我去拜访一位画家，他一向以"难产"著名，要很长时间才能完成一幅画。他非常郑重地对我说："我作画不像有些画家，他们作画好像玩游戏一样，一天画好几张。我的态度是很严肃的，因为我觉得我诞生在这个世界是有使命的，我的存在是为了艺术。"

我去拜访另一位画家，他一向以"快手"著称，有时一天能画好几幅画。他非常轻松地对我说："我作画不像有些画家，他们画画好像很艰难，画不出来就觉得是自己的创作态度严肃，是呕心沥血之作。我觉得艺术是一种生命的游戏，是为人而存在的，是为了使人喜悦、使人放松、使人感受到心灵之美。没有人，艺术就毫无价值。"

我又去拜访一位艺术家，他说："我想画就画，不为什么。艺术就像偶然的散步和工作。"

这个世界上，所有的事似乎都可以有很多完全不同的观点，然而，实践了才重要，观点反而是次要的。严肃、"难产"的艺术家如果画出好作品，那是好的；轻松、快速的艺术家如果画出好作品，也是好的；"不为什么"的艺术家如果画出好作品，也是好的。

我们时常因为观点的不同，在生活中执着、争辩、相持不下，并因此磨损了我们实践的力量和向前的志气。

我们在人生的画幅中，有时严肃、有时轻松、有时"难产"、有时快速，也有的时候完全在有意与无意之间。但不管背后的动机是什么，落笔时最好有饱满的色彩、明确的构图、有力的线条、理想的风格。

我在乎的不是怎么去画，我在乎的是画出了什么。就像沧浪之水，可以洗脸、可以洗脚、可以饮用、也可以冲洗污秽，但水只是水。

买馒头

家后面市场里的馒头摊，做的山东大馒头非常地道，饱满结实，有浓烈的麦香。

每天下午四点，馒头开笼的时间，闻名而来的人就会在馒头摊前排队，等候着山东老乡把蒸笼掀开。

掀开馒头的那一刻最感人，白色的烟雾阵阵浮出，馒头——或者说是麦子——的香味就随烟四溢了。

差不多不到半小时的时间，不管是馒头、花卷、包子就全卖光了，那山东老乡就会扯开嗓门说："各位老乡！今天的馒头全卖光了，明天清早，谢谢各位捧场。"

买到馒头的人欢天喜地地走了。

没买到馒头的人失望无比地也走了。

山东老乡把蒸笼叠好，覆上白布，收摊了。

我曾问过他，生意如此之好，为什么不多做一些馒头卖呢？

他说："俺的馒头全是手工制造，卖这几笼已经忙到顶点了，而且，赚那么多钱干什么？钱只要够用就好。"

我只要有空，也会到市场去排队，买个黑麦馒头，细细品尝，感觉到在平淡的生活里也别有滋味。

有时候，我会端详那些来排队买馒头的人，有的是家庭主妇，有的是小贩或工人，也有学生，也有西装笔挺的白领阶层。

有几次，我看到一位在街头拾荒的人。

有一次，我还看到在市场乞讨的乞丐，也来排队买馒头。（确实，六元一个的馒头，足够乞丐饱食一餐了。）

这么多生活完全不同的人，没有分别地在吃着同一个摊子的馒头，使我生起一种奇异之感：在这个世界上，我们因角色不同而过着相异的生活，当生活还原到一个基本的状态，所有人的生活又是多么的相似：诞生、吃喝、成长、老去，走过人生之路。

我们也皆能品尝一个馒头如品尝人生之味，只是或深或浅，有的粗糙、有的细腻。

我们对人生也会有各自的体验，只是或广或窄，有的清明、有的混沌。

但不论如何，生活的本身是值得庆喜的吧！

就像馒头摊的山东人，他在战乱中度过半生，漂泊到这小岛上卖馒头，这种人生之旅并不是他少年时代的期望，其中有许多悲苦与无奈。可是看他经历这么多沧桑，每天开蒸笼时，却有着欢喜的表情、有活力的姿势，像白色的烟雾，麦香四溢。

每天看年近七旬的老人开蒸笼时，我就看见了生命的庆喜与热望。

生命的潜能不论在何时何地都是热气腾腾的，这是多么的好！多么的值得感恩！

木瓜树的选择

路过市场，偶然看到一棵木瓜树苗，长在水沟里，依靠水沟底部一点点烂泥生活。这使我感到惊奇，一点点烂泥如何能让木瓜树苗长到腰部的高度呢？木瓜是浅根的植物，又怎么能在水沟里不被冲走呢？我随即想到夏季即将来临，届时会有许多的台风与暴雨，木瓜树会被冲入河里，流到海上，就必死无疑了。

我看到木瓜树苗并不担心这些，它依靠烂泥和市场中排放的污水，依然长得翠绿而挺拔。生起了恻隐之心，我想到了顶楼的花园里，还有一个空间，那是一个向阳的角落，又有着来自阳明山的有机土，如果把木瓜树苗移植到那里，一定会比长在水沟更好，木瓜树有知，也会欢喜吧！向市场摊贩要了塑胶袋，把木瓜和烂泥一起放在袋里，回家种植，看到有茶花与杜鹃为伴的木瓜树，心里感到美好，并想到日后果实累累的情景。

万万想不到的是，木瓜树没有预期中生长得好，反而一天比一天垂头丧气，两个星期之后，终于完全地枯萎了。把木瓜苗从花园拔除的时候，我的内心感到无比怅然，对于生长在农家的我，每一株植物的枯萎都会使我怅然，只是这木瓜树更不同，如果我不将它移植，它依然在市场边，挺拔而翠绿。

在夕阳照拂的院子，我喝着野生苦瓜泡的茶，看着满园繁盛的花木，心里不禁感到疑惑：为什么木瓜苗宁愿生于污泥里，也不愿存活在美丽的花园呢？是不是当污浊成为生命的习惯之后，美丽的阳光、松软的泥土、澄清的饮水，反而成为生命的负荷呢？就像有几次，在繁华街市的暗巷里，我不小心遇到一些吸毒者。他们弓曲在阴暗的角落，全身的细胞都散发出颓废，用迷离而失去焦点的眼睛看着世界。

我总会有一种冲动，想跑过去拍拍他们的肩膀，告诉他们："这世界有灿烂的阳光，这世界有美丽的花园，这世界有值得追寻的爱，这世界有可以为之奋斗、为之奉献的事物。"随即，我就看到自己的荒谬了，因为对一个吸毒者，污浊已成为生命的习惯，颓废已成为生活的姿态，几乎不可能改变。不要说是吸毒者，像在大都市，有无数自弃于人生、宁可流浪于街头的"浮浪者"，当他们完全地自弃时，生命就再也不可能挽回了。

浮浪者不是吸毒者，却具有相同的部分，吸毒者吸食有形的毒品，受毒品所宰制；浮浪者吸食无形的毒品，受颓废所宰制，他们放弃了心灵之路，正如一棵以污水维生的木瓜苗，忘记了这世界有美丽的花园。

恐惧堕落与恐惧提升虽然都是恐惧，却带来了不同的选择，恐惧堕落的人心里会有一个祝愿，希望自己有一天能抵达繁花盛开的花园，住在那花园里的人都有着阳光的品质，有很深刻的爱、很清明的心灵，懂得温柔而善于感动，欣赏一切美好的事物。

一粒木瓜的种子，偶然掉落在市场的水沟边，那是不可预测的因缘，可是从水沟到花园之路，如果有选择，就有美好的可能。

一个人，偶然投生尘世，也是不可预测的因缘，我们或者有不够好的身世、或者有贫穷的童年、或者有艰难的生活、或者陷落于情爱的折磨……像是在水沟烂泥中的木瓜树，但我们只要知道，这世界有美丽的花园，我们的心就会有很坚强很真切的愿望：我是为了抵达那善美的花园而投生此世。

万一，我们终其一生都无法抵达那终极的梦土，我们是不是可以一直保持对蓝天、阳光与繁花的仰望呢？

桃花心木

    乡下老家屋旁，有一块非常大的空地，租给人家种桃花心木的树苗。

    桃花心木是一种特别的树，树形优美，高大而笔直，从前老家林场种了许多，已长成几丈高的一片树林。所以当我看到桃花心木仅及膝盖的树苗，有点难以相信自己的眼睛。

    种桃花心木苗的是一个个子很高的人，他弯腰种树的时候，感觉就像插秧一样。

    树苗种下以后，他常来浇水。奇怪的是，他来的并没有规律，有时隔三天，有时隔五天，有时十几天才来一次；浇水的量也不一定，有时浇得多，有时浇得少。

    我住在乡下时，天天都会在桃花心木苗旁的小路上散步，种树苗的人偶尔会来家里喝茶。他有时早上来，有时下午来，时间也不一定。

    我越来越感到奇怪。

    更奇怪的是，桃花心木苗有时莫名其妙地枯萎了。所以，他来的时候总会带几株树苗来补种。

我起先以为他太懒，有时隔那么久才给树浇水。

但是，懒人怎么知道有几棵树会枯萎呢？

后来我以为他太忙，才会做什么事都不按规律。但是，忙人怎么可能做事那么从从容容？

我忍不住问他，到底应该什么时间来？多久浇一次水？桃花心木为什么无缘无故会枯萎？如果你每天来浇水，桃花心木苗该不会枯萎吧？

种树的人笑了，他说："种树不是种菜或种稻子，种树是百年的基业，不像青菜几个星期就可以收成。所以，树木自己要学会在土里找水源。我浇水只是模仿老天下雨，老天下雨是算不准的，它几天下一次？上午或下午？一次下多少？如果无法在这种不确定中汲水生长，树苗自然就枯萎了。但是，在不确定中找到水源、拼命扎根，长成百年的大树就不成问题了。"

种树人语重心长地说："如果我每天都来浇水，每天定时浇一定的量，树苗就会养成依赖的心，根就会浮在地表上，无法深入地下，一旦我停止浇水，树苗会枯萎得更多。幸而存活的树苗，遇到狂风暴雨，也会一吹就倒。"

种树人的一番话，使我非常感动。不只是树，人也是一样，在不确定中生活的人，能比较经得起生活的考验，会锻炼出一颗独立自主的心。在不确定中，就能学会把很少的养分转化为巨大的能量，努力生长。

现在，窗前的桃花心木苗已经长得与屋顶一般高，是那么优雅自在，显示出勃勃生机。

种树人不再来了，桃花心木也不会枯萎了。

和时间赛跑

　　读小学的时候，我的外祖母去世了。外祖母生前最疼爱我。我无法排除自己的忧伤，每天在学校的操场上一圈一圈地跑着，跑得累倒在地上，扑在草坪上痛哭。

　　那哀痛的日子持续了很久，爸爸妈妈也不知道如何安慰我。他们知道与其欺骗我说外祖母睡着了，还不如对我说实话：外祖母永远不会回来了。

　　"什么是永远不会回来了呢？"我问。

　　"所有时间里的事物，都永远不会回来了。你的昨天过去了，它就永远变成昨天，你再也不能回到昨天了。爸爸以前和你一样小，现在再也不能回到你这么小的童年了。有一天你会长大，你也会像外祖母一样老，有一天你度过了你的所有时间，也会像外祖母永远不能回来了。"爸爸说。

　　爸爸等于给我一个谜语，这谜语比课本上的"日历挂在墙壁，一天撕去一页，使我心里着急"和"一寸光阴一寸金，寸金难买寸光阴"还让我感到可怕；也比作文本上的"光阴似箭，日月如梭"更让我觉得有一种说不出的滋味。

以后，我每天放学回家，在庭院里看着太阳一寸一寸地沉进了山头，就知道一天真的过完了。虽然明天还会有新的太阳，但永远不会有今天的太阳了。

我看到鸟儿飞到天空，它们飞得多快呀。明天它们再飞过同样的路线，也永远不是今天了。或许明天再飞过这条路线，不是老鸟，而是小鸟了。

时间过得飞快，使我的小心眼里不只是着急，还有悲伤。有一天我放学回家，看到太阳快落山了，就下决心说："我要比太阳更快回家。"我狂奔回去，站在庭院里喘气的时候，看到太阳还露着半边脸，我高兴地跳起来。那一天我跑赢了太阳。以后我常做这样的游戏，有时和太阳赛跑，有时和西北风比赛，有时一个暑假的作业，我十天就做完了。那时我三年级，常把哥哥五年级的作业拿来做。每一次比赛胜过时间，我就快乐得不知道怎么形容。

后来的二十年里，我因此受益无穷。虽然我知道人永远跑不过时间，但是可以比原来跑快一步，如果加把劲，有时可以快好几步。那几步虽然很小很小，用途却很大很大。

如果将来我有什么要教给我的孩子，我会告诉他：假若你一直和时间赛跑，你就可以成功。

心田上的百合花

在一个偏僻遥远的山谷里，有一个高达数千尺的断崖。不知道什么时候，断崖边上长出了一株小小的百合。

百合刚刚诞生的时候，长得和杂草一模一样。但是，它心里知道自己不是一株野草。它的内心深处，有一个内在的纯洁的念头：我是一株百合，不是一株野草。唯一能证明我是百合的方法，就是开出美丽的花朵。

有了这个念头，百合努力地吸收水分和阳光，深深地扎根，直直地挺着胸膛。

终于在一个春天的清晨，百合的顶部结出了第一个花苞。

百合的心里很高兴，附近的杂草却很不屑，它们在私底下嘲笑着百合，"这家伙明明是一株草，偏偏说自己是一株花，还真以为自己是一株花，我看它顶上结的不是花苞，而是头脑长瘤了。"

公开场合，它们则讥讽百合，"你不要做梦了，即使你真的会开花，在这荒郊野外，你的价值还不是跟我们一样。"

偶尔也有飞过的蜂蝶鸟雀，它们也会劝百合不用那么努力开花，"在这断崖边上，纵然开出世界上最美的花，也不会有人来欣赏呀！"

百合说："我要开花，是因为我知道自己有美丽的花；我要开花，是为了完成作为一株花的庄严使命；我要开花，是由于自己喜欢以花来证明自己的存在。不管有没有人欣赏，不管你们怎么看我，我都要开花！"

在野草和蜂蝶的鄙夷下，野百合努力地释放内心的能量。有一天，它终于开花了，它那灵性的洁白和秀挺的风姿，成为断崖上最美丽的颜色。这时候，野草与蜂蝶再也不敢嘲笑它了。

百合花一朵一朵地盛开着，花朵上每天都有晶莹的水珠，野草们以为那是昨夜的露水，只有百合自己知道，那是极深沉的欢喜所结的泪滴。

年年春天，野百合努力地开花、结籽。它的种子随着风，落在山谷、草原和悬崖边上，到处都开满洁白的野百合。

几十年后，远在百里外的人，从城市、从乡村，千里迢迢赶来欣赏百合开花。许多孩童跪下来，闻嗅百合花的芬芳；许多情侣互相拥抱，许下了"百年好合"的誓言；无数的人看到这从未见过的美，感动得落泪，触动内心那纯净温柔的一角。

那里，被人称为"百合谷地"。

不管别人怎么欣赏，满山的百合花都谨记着第一株百合的留言："我们要全心全意默默地开花，以花来证明自己的存在。"

发芽的心情

有一年，我在武陵农场打工，为果农收获水蜜桃与水梨。

昨天采摘时还青涩的果子，经过夜的洗礼，竟已成熟了。面对它们，可深切地感觉到生命的跃动，知道每一株果树全有使果子成长的力量。我小心地将水蜜桃采下，放在已铺满软纸的箩筐里，手里能感觉到水蜜桃的重量，以及那充满甜水的质地。捧在手中的水蜜桃，虽已离开了它的树枝，却像一棵果树的心。

才一个月的时间，我们差不多把果园中的果实完全采尽了。采摘过的果园并不因此就放了假，果园主人还是每天到园子里去，做一些整理剪枝除草的工作，尤其是剪枝，需要长期的经验与技术，听说光是这一项，就会影响了明年的收成。我四处游历告一段落，有一天到园子帮忙整理，看见的景象令我大吃一惊。因为就在一个月前曾结满累累果实的园子，这时全像枯去了一般，不但没有了果实，连过去挂在枝尾端的叶子也都凋落净尽，只有一两株果树上，还留着几片焦黄的在风中抖颤的随时要落在地上的黄叶。

我静静地立在园中，环顾四周，看那些我曾为它们的生命、为它们的果实而感动过的果树，如今充满了肃杀之气，不禁在心中轻轻叹息起来。

"真没想到才几天的工夫，叶子全落尽了。"我说。

"当然了，今年不落尽叶子，明年就长不出新叶了，没有新叶，果子不知道要长在哪里呢！"园主人说。

然后他带领我在园中穿梭，手里拿一把利剪，告诉我如何剪除那些已经没有生命力的树枝。他说那是一种割舍，因为一棵果树的力量是一定的，长得太密的枝丫，明年固然能长出许多果子，但会使所有的果都长得不好，经过剪除，就能大致把握明年的果实。虽然这种做法对一棵树的完整有伤害，但一棵果树不就是为了结果吗？为了结出更好的果，母株总要有所牺牲。

我们在果园里忙碌地剪枝除草，全是为明年的春天做准备。看到那些在冬天也顽强抽芽的小草，又似乎感到春天就在深深的土地里，随时等候着涌冒出来。

果然，让我们等到了春天。

其实说是春天还嫌早，因为天气依然冰冷如前。我到园子去的时候，发现果树像约定好的一样，几乎都抽出绒毛一般的绿芽，那些绒绒的绿昨夜刚从母亲的枝干挣脱出来，初面人世，每一片都像透明的绿水晶，颤抖地睁开了眼睛。我看到尤其是初剪枝的地方，芽抽得特别早，也特别鲜明，仿佛是在补偿着母亲的阵痛。我在果树前受到了深深的感动，好像我也感觉到了那发芽的心情。那是一种春天的心情，只有在最深的土地中才能探知。

我无法抑制心中的兴奋与感动，每天第一件事就是跑到园子里去，看那喧哗的芽一片片长成绿色的叶子，并且有的还长出嫩绿的枝丫，逐渐在野风中转成褐色。春天原来是无形的，可是借着树上的叶、草上的花，我们竟能真切地触摸到春天——冬天与春天不是天上的两颗星那样遥远，而是同一株树上的两片叶子，那样密结地跨着步。

我离开农场的时候，春日和煦。园子里的果树差不多都长出整树的叶子，但是有两株果树却没有发芽，枝丫枯干，一碰就断落，它们已经在冬天里枯死了。

果园的主人告诉我，每年冬季，总有一些果树就这样死去了，有些当年还结过好果子的树也不例外，他也想不出什么原因，只说："果树和人一样也是有寿命的，奇怪的是果树的死亡没有一点征兆……"

"真是奇怪，这些果树是同时播种，长在同一片土地上，受到相同的照顾，种类也一样，为什么有的到了冬天以后就活不过来呢？"我问道。

我们都不能解开这个谜题。夜里，我为这个问题而想得失眠了。"是不是有的果树不是不能复活，而是不肯活下去呢？或者说在春天发芽也要心情，那些强悍的树被剪枝，它们用发芽来补偿；而比较柔弱的树被剪枝，则伤心得失去了对春天的期待与心情。树，是不是也有心情呢？"我这样反复地问自己，知道难以找到答案，因为我只看到树的外观，不能了解树的心情。就像我从树身上知道了春的讯息，我却并不完全了解整个春天一样。

多年以来，我心中时常浮现出那两株枯去的水蜜桃树，尤其是受到什么无情的打击时，那两株原本无关紧要的树的枯枝，就像两座生铁的雕塑，从我的心中撑举出来，而我果然就不会被冬寒与剪枝击败。虽然有时静夜想想，也会黯然流下泪来，但那些泪在一个新的春天来临的时候，往往成为最好的肥料。

鸳鸯香炉

　　一对瓷器做成的鸳鸯，一只朝东，一只向西，小巧灵动，仿佛刚刚在天涯的一角交会，各自轻轻拍着羽翼，错着身，从水面无声划过。

　　这一对鸳鸯关在南京东路一家宝石店中金光闪烁的橱窗一角，它鲜艳的色彩比珊瑚宝石翡翠还要灿亮，但是由于它的游姿那样平和安静，竟仿若它和人间全然无涉，一直要往远方无止境地游去。

　　再往内望去，宝石店里供着一个小小的神案，上书"天地君亲师"五个大字，晨香还未烧尽，烟香缭绕，我站在橱窗前不禁痴了，好像鸳鸯带领我，顺着烟香的纹路游到我童年的梦境里去。

　　记得我还未识字以前，祖厅神案上就摆了一对鸳鸯，是瓷器做成的檀香炉，终年氤氲着一缕香烟，在厅堂里绕来绕去，檀香的气味仿佛可以勾起人沉深平和的心胸世界，即使是一个小小孩儿也被吸引得意兴飘飞。我常和兄弟们在厅堂中嬉戏，每当我跑过香炉前，闻到檀香之气，总会不自觉地出了神，呆呆看那一缕轻淡但不绝的香烟。

　　尤其是冬天，一缕直直飘上的烟，不仅是香，甚至也是温暖的象征。有时候一家人不说什么，夜里围坐在香炉前面，情感好像交融在炉中，并且烧出一股淡淡的香气了。它比神案上插香的炉子让我更深切感受到一种无名的温暖。

最喜欢夏日夜晚，我们围坐听老祖父说故事，祖父总是先慢条斯理地燃了那个鸳鸯香炉，然后坐在他的藤摇椅中，说起那些还流动血泪声香的感人故事。我们依在祖父膝前张开好奇的眼眸，倾听祖先依旧动人的足音响动，愈到星空夜静，香炉的烟就直直升到屋梁，绕着屋梁飘到庭前来，一丝一丝，萤火虫都被吸引来，香烟就像点着萤火虫尾部的光亮，一盏盏微弱的灯火四散飞升，点亮了满天的向往。

有时候是秋色萧瑟，空气中有一种透明的凉，秋叶正红，鸳鸯香炉的烟柔软得似蛇一样升起，烟用小小的手推开寒凉的秋夜，推出一扇温暖的天空。从潇湘的后院看去，几乎能看见那一对鸳鸯依偎着的身影。

那一对鸳鸯香炉的造型十分奇妙，雌雄的腹部连在一起，雄的稍前，雌的在后。雌鸳鸯是铁灰一样的褐色，翅膀是绀青色，腹部是白底有褐色的浓斑，像褐色的碎花开在严冬的冰雪之上，它圆形的小头颅微缩着，斜依在雄鸳鸯的肩膀上。

雄鸳鸯和雌鸳鸯完全不同，它的头高高仰起，头上有冠，冠上是赤铜色的长毛，两边彩色斑斓的翅翼高高翘起，像一个两面夹着盾牌的武士。它的背部更是美丽，红的、绿的、黄的、白的、紫的全开在一处，仿佛春天里怒放的花园，它的红嘴是龙吐珠，黑眼是一朵黑色的玫瑰，腹部微芒的白点是满天星。

那一对相偎相依的鸳鸯，一起栖息在一片晶莹翠绿的大荷叶上。

鸳鸯香炉的腹部相通，背部各有一个小小的圆洞，当檀香的烟从它们背部冒出的时候，外表上看像是各自焚烧，事实上腹与腹间互相感应。我最常玩的一种游戏，就是在雄鸳鸯身上烧了檀香，然后把雄鸳鸯的背部盖起来，烟与香气就会从雌鸳鸯的背部升起；如果在雌鸳鸯的身上烧檀香，盖住背部，香烟则从雄鸳鸯的背上升起来；如果把两边都盖住，它们就像约好的一样，一瞬间，檀香就在腹中灭熄了。

倘若两边都不盖，只要点着一只，烟就会均匀地冒出，它们各生一缕烟，升到中途慢慢氤氲在一起，到屋顶时已经分不开了，交缠的烟在风中弯弯曲曲，如同合唱着一首有节奏的歌。

鸳鸯香炉的记忆，是我童年的最初，经过时间的洗涤愈久，形象愈是晶明，它几乎可以说是我对情感和艺术向往的最初。鸳鸯香炉不知道出于哪一位匠人之手，后来被祖父购得，它的颜色造型之美让我体会到中国民间艺术之美；虽是一个平凡的物件，却有一颗生动灵巧的匠人心灵在其中游动，使香炉经过百年都还是活的一般。民间艺术之美总是平凡中见真性，在平和的贞静里历百年还能给我们新的启示。

关于情感的向往，我曾问过祖父，为什么鸳鸯香炉要腹部相连？祖父说：

鸳鸯没有单只的，鸳鸯是中国人对夫妻的形容。夫妻就像这对香炉，表面各自独立，腹中却有一点心意相通，这种相通，在点了火的时候最容易看出来。

我家的鸳鸯香炉每日都有几次火焚的经验，每经一次燃烧，那一对鸳鸯就好像靠得更紧。我想，如果香炉在天际如烽火，火的悲壮也不足以使它们殉情，因为它们的精神和象征立于无限的视野，永远不会畏怯，在火炼中，也永不消逝。比翼鸟飞久了，总会往不同的方向飞，连理枝老了，也只好在枝桠上无聊地对答。鸳鸯香炉不同，因为有火，它们不老。

稍稍长大后，我识字了，识字以后就无法抑制自己的想象力飞奔，常常从一个字一个词句中飞腾出来，去找新的意义。"鸳鸯香炉"

四字就使我想象力飞奔，觉得用"鸳鸯"比喻夫妻真是再恰当不过，"鸳"的上面是"怨"，"鸯"的上面是"央"。

"怨"是又恨又叹的意思，有许多抱怨的时刻，有很多无可奈何的时刻，甚至也有很多苦痛无处诉的时刻。"央"是求的意思，是《诗经》中说的"和铃央央"的和声，是有求有报的意思，有许多互相需要的时刻，有许多互相依赖的时刻，甚至也有很多互相怜惜求爱的时刻。

夫妻生活是一个有颜色、有生息、有动静的世界，在我的认知里，夫妻的世界几乎没有无怨无尤幸福无边的例子，因此，要在"怨"与"央"间找到平衡，才能是永世不移的鸳鸯。鸳鸯香炉的腹部相通是一道伤口，夫妻的伤口几乎只有一种药，这药就是温柔，"怨"也温柔，"央"也温柔。

所有的夫妻都曾经拥抱过、热爱过、深情过，为什么有许多到最后分飞东西，或者郁郁而终呢？爱的诺言开花了，虽然不一定结果，但是每年都开了更多的花，用来唤醒刚坠入爱河的新芽，鸳鸯香炉是一种未名的爱，不用声名，千万种爱都升自胸腹中柔柔的一缕烟。把鸳鸯从水面上提升到情感的诠释，就像鸳鸯香炉虽然沉重，它的烟却总是往上飞升，或许能给我们一些新的启示吧！

至于"香炉"，我感觉所有的夫妻最后都要迈入"共守一炉香"的境界，久了就不只是爱，而是亲情。任何婚姻的最后，热情总会消退，就像宗教的热诚最后会平淡到只剩下虔敬；最后的象征是"一炉香"，在空阔平朗的生活中缓缓燃烧，那升起的烟，我们逼近时可以体贴的感觉，我们站远了，还有温暖。

我曾在万华的小巷中看过一对看守寺庙的老夫妇，他们的工作很简单，就是在晨昏时上一炷香，以及打扫那一间被岁月剥蚀的小庙。

我去的时候，他们总是无言，轻轻的动作，任阳光一寸一寸移到神案之前，等到他们工作完后，总是相携着手，慢慢左拐右弯地消失在小巷的尽头。

我曾在信义路附近的巷子口，看过一对捡拾破烂的中年夫妻，丈夫吃力地踩着一辆三轮板车，口中还叫着收破烂特有的语言，妻子经过每家门口，把人们弃置的空罐酒瓶、残旧书报一一丢到板车上，到巷口时，妻子跳到板车后座，熟练安稳地坐着，露出做完工作欣慰的微笑，丈夫也突然吹起口哨来了。

我曾在通化街的小面摊上，仔细地观察一对卖牛肉面的少年夫妻；丈夫总是自信地在热气腾腾的锅边下面条，妻子则一边招呼客人，一边清洁桌椅，一边还要蹲下腰来洗涤油污的碗碟。在卖面的空当，他们急急地共吃一碗面，妻子一径地把肉夹给丈夫，他们那样自若，那样无畏地生活着。

我也曾在南澳乡的山中，看到一对刚做完香菇烘焙工作的山地夫妻，依偎着共坐在一块大石上，谈着今年的耕耘与收成，谈着生活里最细微的事，一任顽皮的孩童丢石头把他们身后的鸟雀惊飞而浑然不觉。

我更曾在嘉义县内一个大户人家的后院里，看到一位须发俱白的老先生，爬到一棵莲雾树上摘莲雾，他年迈的妻子围着布兜站在莲雾树下接莲雾，他们的笑声那样年少，连围墙外都听得清明。他们不能说明什么，他们说明的是一炉燃烧了很久的香还会有它的温暖，那香炉的烟虽弱，却有力量，它顺着岁月之流可以飘进任何一扇敞开的门窗。每当我看到这样的景象，总是站得远远的仔细听，香炉的烟声传来，其中好像有瀑布奔流的响声，越过高山、流过大河，在我的胸腹间奔淌。如果没有这些生活平凡的动作，恐怕也难以印证情爱可以长久吧！

　　童年的鸳鸯香炉，经过几次家族的搬迁，已经不知流落到什么地方，或者在另一个少年家里的神案上，再要找到一个同样的香炉恐怕永不可得，但是它的造型、色泽，以及在荷叶上栖息的姿势，却为时日久还是鲜锐无比。每当在情感挫折生活困顿之际，我总是循着时间的河流回到岁月深处去找那一盏鸳鸯香炉，它是情爱最美丽的一个鲜红落款，情爱画成一张重重叠叠交缠不清的水墨画，水墨最深的山中洒下一条清明的瀑布，瀑布流到无止境地方是香炉美丽明晰的章子。

　　鸳鸯香炉好像暗夜中的一盏灯，使我童年对情感的认知乍见光明，在人世的幽晦中带来前进的力量，使我即使只在南京东路宝石店橱窗中，看到一对普通的鸳鸯瓷器都要怅然良久。就像坐在一个黑乎乎的房子里，第一盏点着的灯最明亮，最能感受明与暗的分野，后来即使有再多的灯，总不如第一盏那样，让我们长记不熄；坐在长廊尽处，纵使太阳和星月都冷了，群山草木都衰尽了，香炉的微光还在记忆的最初，在任何可见和不可知的角落，温暖地燃烧着。

第七辑　一心一境

素质

在人生里，每一个人都有其独特非凡的素质，有的香盛，有的色浓，很少很少能兼具美丽而芳香的，因此我们不必欣羡别人某些天生的素质，而要发现自我独特的风格。当然，我们的人生多少都有缺憾，这缺憾的哲学其实简单：连最名贵的兰花，恐怕都为自己不能芳香而落泪哩！这是对待自己的方法，也是面对自己缺憾还能自在的方法。

面对外在世界的时候，不要被艳丽的颜色所迷惑，而要进入事物的实相，有许多东西表面是非常平凡的，它的颜色也素朴，但只要我们让心平静下来，就能品察出这内部最幽深的芳香。

当然，艳丽之美有时也值得赞叹，只是它适于远观，不适于沉潜。

一个人在年轻的时候，很少能欣赏素朴的事物，却喜欢耀目的风华；但到了中年则愈来愈喜欢那些真实平凡的素质，例如选用一张桌子，青年多会注意到它的颜色与造型之美，中年人就比较注意它是紫檀木或是乌心石的材质，至于外形与色彩就在其次了。

最近这些日子里，我时常有一种新的感怀，就是和一个人面对面说了许多话，仿佛一句话也没有说；可是和另一个人面对面坐着，什么话也没有说，就仿佛说了很多。人到了某一个年纪、某一个阶段，就能穿破语言、表情、动作，直接以心来相印了，也就是用素朴面对着素朴。

古印度人说，人应该把中年以后的岁月全部用来自觉和思索，以便找寻自我最深处的芳香。

超越的心

一个人活在这个世界上，他的痛苦、失败、成功跟快乐，其实都是很类似的，但是有的人活得精彩，有的人活得开心，有的人却活得痛苦烦恼，那主要是因为心的态度。心有没有经过锻炼是很重要的。一个人要过得很开心，第一个非常重要的态度就是，你要不断有超越的心，不断地超越原来的自我。

有一个小孩子发明了一种机器，可以拍西瓜或者拍凤梨，一拍就可以测出水果的甜度，准确度百分之百。这个小孩怎么那么厉害？原来孩子出生在一个种凤梨的果农家庭，从小就看爸爸每天测凤梨甜度。怎么测？用手指弹，如果有汁肉的声音就是甜的，鼓的声音是酸的；如果砰砰地响，这个凤梨是不能吃的。爸爸每天要弹三万个凤梨，弹到后来中指比一般人长一节。小孩子每天在旁边看，心里很感慨，为什么没有一种机器可以代替爸爸的手指？于是他每天做研究，到高中的时候发明了这种机器。

这样的新闻使我感动，这个小孩子从小就想要超越他的自我。在这个世界上，人就是动物的一种，有动物的习气。一开始人追求的就是物质世俗的享受。这并没有什么错误，但是一段时间以后，你会发现，这些并不能带给你真正的快乐，这时你就会进入第二个层次，进入文明跟文化的追求。

我有一个朋友是非常有名的画家，有一天我去找他，走进他家的花园，看到里面有一只非常巨大的乌龟，有几百斤重，背上长满了星星，很漂亮。我问他乌龟是哪里来的，他说："巴西带回来的。"

原来，他去巴西开画展时看到这只乌龟很漂亮，想要把它带回家。可是乌龟没法坐飞机，因为太巨大，只能坐船，这需要三个月的时间。他就做了一个柜子把乌龟装进去，然后用货柜装上轮船。他想，这一路上乌龟没吃没喝，也没有阳光，一定会死掉，转念一想：死了就算了，因为我喜欢乌龟的壳而不是它的肉。三个月以后，乌龟运到了，他到港口去接。想象不到的事情发生了，乌龟的头从柜子里伸出来，脸上带着神秘的微笑——这里插句话，以后大家注意，凡是面带微笑的动物都活得很老，乌龟、海豚、鲸鱼、大象、白鹤，脸上都带着微笑；凡是脸上很凶恶的，大概活的时间都不会很长，狮子、老虎、豹子、豺狼表情都很难看。

我问乌龟好不好养，他说："很好养！一天早上吃两根香蕉，晚上吃两根香蕉就够了。"那天忘了带相机，我就跟朋友说好两个星期以后来跟乌龟合影。

两个星期后我去找他，发现乌龟在他的书桌上，只剩下一个壳。三个月不吃不喝还活着的乌龟，为什么两个多星期就死掉了？原来，朋友要去高雄开画展，想到这只乌龟没有人养，就买了两串香蕉，把乌龟叫过来说："你每天早上吃两根，下午吃两根，知道吗？"乌龟一直跟他点头，脸上还带着神秘的微笑。他确定乌龟已经听懂了，就去开画展。回来以后乌龟死掉了，香蕉也不见了，找兽医来解剖，一剖开，乌龟满肚子香蕉。原来让它两个星期吃掉的香蕉，它一天就全部吃光了。

人如果不节制，也跟这只乌龟一样。欲望的满足是非常短暂的，而且是永远不能满足的。为了这么短暂的满足而花太多的时间跟精力，实在不值得。这时人就会走进人生的第二个层次，就是文明的、文化的满足。

譬如说你有了一套房子，你会挂几幅画，装一套音响、一台电视，陶冶你的身心。但文化跟文明得到满足之后，又会陷入一个问题，就是即使你有最好的文明跟艺术修养，你也不能对抗人生真正的痛苦。

人生真正的痛苦是什么？依佛教的说法有八种痛苦：爱别离、怨憎会、求不得、五阴炽盛、生、老、病、死。活着本身就是一种痛苦；老化是一种痛苦；生病是一种痛苦；死亡是一种痛苦；相爱的人一定会别离；讨厌的人偏偏碰在一起叫怨憎会；五阴炽盛就是虽然天下太平没有什么事情，可是坐下来，烦恼就像火一样燃烧着我们的心；所求不得就是你签的号码永远开不出来，你要求的都求不到。

这些痛苦，即使是具备最好的文化跟艺术修养的人都不能克服，于是这样的人就会走向人生的第三个层次，就是灵性的层次、宗教的层次、精神的层次。

孔子的一个学生颜回住在很简陋的巷子里。孔子说："回也居陋巷，一箪食，一瓢饮，在陋巷，人不堪其忧，回也不改其乐。"颜回每天吃一点点稀饭，喝一点点水，人们都觉得这样是很痛苦的事情，可是颜回却过得很快乐。为什么？因为他的内心里有一种宗教的、性灵的、精神的满足，而这种满足使他可以超越物质的限制。这种超越的心是很重要的，一个人如果没有超越的心，他就不会有新的发展。

我在小学三年级的时候，立志要成为一个作家。在我当时居住的环境里，从来没有人知道作家是干什么的。

我们家有很多小孩，爸爸怕认不出我们，每个礼拜都召集我们见面，然后他就会问，有一天问到我说："十二啊（名字很难记，都记号码），你长大以后要干什么？"我说："当作家。"他问我："作家是干什么的？"我说作家就是坐下来，字写一写寄出去，人家钱就会寄来。父亲听了很不开心，当场给我一巴掌："傻孩子，这个世界上如果有那么好的事情，我自己就先去干了怎么轮得到你！"

那时候的大人都不相信，我会变成一个作家。可我的内心里面，一直希望可以不断地超越自己，不断地去追求，所以在我三十岁的时候，就在一家非常大的报社当总编辑，还在一个电视台主持节目，得遍台湾所有重要的文学奖。

成功应该给我带来更大的快乐跟更大的满足，但那时候我每天还很烦恼，工作很辛苦，我很头痛：到底什么才是最后安顿的地方呢？

有一天我在报馆里看到一本书，是印度哲学里非常重要的一本书，叫作《奥义书》。其中一页上面这样写着："一个人到了三十岁要把全部的时间用来觉悟。"

我吓一跳，那一年我正好三十岁。再翻过去更恐怖，写着："一个人到了三十岁，如果没有把全部的时间用来觉悟，就是一步一步走向死亡的道路。"那时候我觉得自己一点都没有觉悟，所以就开始觉悟，放弃了一切，走进佛教的世界，在山里面闭关三年才下山。后来我研究印度哲学才发现上当了。那个年代，印度人平均寿命只有三十九岁，所以三十岁已经是面临死亡了，可以觉悟了。

什么叫觉悟？觉就是学习来看见；悟左边是心，右边是吾，我的心叫作悟，所以觉悟就是学习来看见我的心。人生不断地往上追求，并不是说你追求一个特别的境界，而是向外追求那个更高的灵性，向内探索自己内在的思维，从探索你内在最深的部分来跟这个灵性相应，这才是真正的好的追求。

做一个人就好像一座金字塔一样，第一层是物质的、欲望的，第二层是文化的、文明的，第三层是精神的、灵性的、宗教的。当一个人具备了这三个层次以后，我们才可以说这是一个完整的人。这个就是超越的心，不断地去追求那个更高的灵性的境界。当你站在灵性的高境界，再看人生的挫折跟困顿，很简单就化解了。

有一天释迦牟尼佛给弟子讲课，他拿了一个钵，里面装满了水，把一个石头丢进这个钵里，水就满出来了。他说，生命里所碰到的烦恼跟困境，就像这个石头一样。有什么方法可以让水不满溢出来？那就是换一个更大的容器。如果你造了一艘很大的船，不管多少石头你都载得动，还可以载别人的石头，可以包容生命里所有负面的情境。这是欢喜心过生活的第一个方法，不断地保持超越的心，超越以后你的心就打开了。

求好

有好多人喜欢讲生活品质，他们认为花的钱多、花得起钱就是生活品质了。

于是，有愈来愈多的人，在吃饭时一掷万金，在买衣时一掷万金，拼命地挥霍金钱，当我们问他为什么要如此，他的答案是理直气壮的——"为了追求生活品质！为了讲究生活品质！"

生活？品质？这两样东西到底意味着什么呢？

如果说有钱能满足许多的物质条件就叫生活品质，是不是所有的富人都有生活品质，而穷人就没有生活品质呢？

如果说受教育就会有生活品质，是不是所有的大学生都有生活品质，没受教育的人就没有生活品质呢？

如果说都市才有生活品质，是不是乡下人就没有生活品质呢？是不是所有的都市人都有生活品质呢？

答案都是否定的，可见生活品质乃不是某一阶层、某一地区，或甚至某一时代的专利。古人也可以有生活品质，穷人、乡下人、工匠、农夫都可以有生活品质。因为，生活品质是一种求好的精神，是在一个有限的条件下寻求该条件最好的风格与方式，这才是生活品质。

工匠把一张桌子椅子做到最完美而无懈可击的地步，是生活品质。

农夫把稻田中的稻子种成最好的收成，是生活品质。

穷人买一个馒头果腹，知道同样的五块钱在何处可以买到最好品质的馒头，是生活品质。

家庭主妇买一块豆腐，花最便宜的钱买到最好吃的豆腐，是生活品质。

整个社会都能摒弃那不良的东西，寻求最好的可能，这个社会就会有生活品质了。

因此，我们对生活品质最大的忧虑，乃不是小部分人的品位不良，而是大部分人失去求好的精神了。

在一个失去求好精神的社会里，往往使人误以为摆阔、奢靡、浪费就是生活品质，逐渐失去了生活品质的实相。进而使人失去对生活品质的判断力，只好追逐名牌，用有名的香水、服装、皮鞋，以知名建筑师盖的房子，来肯定自我的生活品质，这是为什么现代社会名牌泛滥的原因。

有钱人从头到脚，从房子到汽车，从音响到电视用的都是名牌，那些名牌多得让人忘记了自己的名字。

一般人欣羡之余，心生卑屈，以为那是生活品质，于是想尽方法不择手段去追求"生活品质"，甚至弄到心力交瘁、含恨而死。君不见被警察抓到的大流氓乃至小妓女，戴劳力士、开进口车，全身都是名牌吗？

真正的生活品质，是回到自我，清楚衡量自己的能力与条件，在这有限的条件下追求最好的事物与生活。再进一步，生活品质是因长久培养了求好的精神，因而有自信、有丰富的心胸世界；在外，有敏感直觉找到生活中最好的东西；在内，则能居陋巷而依然能创造愉悦多元的心灵空间。

生活品质就是如此简单；它不是从与别人比较中来的，而是自己人格与风格求好精神的表现。

常想一二

朋友买来纸笔砚台，请我题几个字，好让他挂在新居的客厅补壁。这使我感到有些为难，因为我自知字写得不好看，何况已经有很多年没练书法了。朋友说："怕什么？挂你的字我感到很光荣！我都不怕了，你怕什么？"我便在朋友面前展纸、磨墨，写了四个字：常想一二。

朋友说："这是什么意思？"

我说："意思是说，我字写得不好，你看到这幅字，请多多包涵，多想一两件我的好处，就原谅我了。"看到我玩笑的态度，朋友说："讲正经的，到底是什么意思？"

"俗语说：人生不如意事，十常八九。我们生命里面不如意的事占了绝大部分，因此，活着本身是痛苦的。但扣除八九成的不如意，至少还有一两成是如意的、快乐的、值得欣慰的事情。如果我们要过快乐人生，就要常想那一两成好事，这样就会感到庆幸，懂得珍惜，不致被八九成的不如意所打倒了。"朋友听了，非常欢喜，抱着"常想一二"回家了。

几个月之后，他来探视我，又来向我求字，说是："每天在办公室里劳累受气，回家之后看见那幅'常想一二'就很开心，但是墙壁太宽，字显得太小，你再写几个字吧！"

对于好朋友，我一向有求必应，于是为"常想一二"写了下联"不思八九"，上面又写了"如意"的横批，中间随手画了一幅写意的莲花。

没想到过了几个月，我被许多离奇的传说与流言所困扰，朋友有一天打电话来，说他正坐在客厅我写的字前面，他说："想不出什么话来安慰你，念你自己写的字给你听：常想一二，不思八九，事事如意。"

朋友的电话使我很感动，我常觉得在别人的喜庆里锦上添花容易，在别人的苦难里雪中送炭却很难得。那种比例，大约也是八九与一二之比。

不过，一个人到了四十岁，在生活中大概都锻炼出了宠辱不惊的本事，那是因为他们已经历过生命的痛苦与挫折，也经历了许多情感的相逢与离散，慢慢地寻索出了生命中积极、快乐、正向的观想。这种观想，正是"常想一二"的观想。

"常想一二"的观想，乃是在重重乌云中寻觅一丝黎明的曙光；乃是在滚滚红尘里开启一些宁静的消息；乃是在濒临窒息时浮出水面，有一次深长的呼吸。

生命已经够苦了，如果我们把几十年的不如意事综合起来，一定会使我们举步维艰。生活与感情陷入苦境，有时是无可奈何的，但是如果连思想和心情都陷入苦境，那就是自讨苦吃、苦上加苦了。

在波涛汹涌的海上航行，我早已学会面对苦境的方法。我总是想：从前万般的折磨我都能苦中作乐，眼下的些许苦难自然能"逆来顺受"了。

我从小喜欢阅读大人物的传记和回忆录，慢慢归纳出一个公式：

凡是大人物都是受苦受难的，他们的生命几乎就是"人生不如意事，十常八九"的真实证言，但他们在面对苦难时也都能保持正向的思考，能"常想一二"，最后他们超越苦难，苦难便化成生命中最肥沃的养料，这是为他们开启莲花所准备的。

使我深受感动的不是他们的苦难，因为苦难到处都有，使我感动的是，他们面对苦难时的坚持、乐观与勇气。

原来如意或不如意，并不是决定于人生的际遇，而是取决于思想的瞬间。原来，决定生命品质的不是八九，而是一二。

原来，苦难对陷于其中的人是以数量计算，对超越的人却变成质量。数量会累积，质量会活化。

既然生命的苦乐都只是过程，我们何必放弃自我的思想去迎合每一个过程呢？

所以，静下心来想到从前的时候，要常常想那些美好的时光，追忆那些鎏金的岁月与花样的年华，以抚平我们内心的忧伤。

静下心来想到未来的时候，要常常思及未来的美丽梦想，在彼岸、在黄金铺地的国度，到处都有美丽的花朵与动人的乐章；在走向净土的路上，有诸菩萨与上善人相伴相扶持，以安慰我们在俗世的苦痛。

在不思及过去与未来的时候，就快乐地活在当下，让每一个当下有情有义、发光发热、如诗如歌！

我常常在想：达摩祖师渡江的"一苇"，不是芦苇，不是小舟，也不是什么神通，而是一个思想的象征。象征在人生的险海波涛中若能"用美思维""以好静心"，纵使只有一苇，也能无畏地航行了。

一心一境

小时候我时常寄住在外祖母家，有许多表兄弟姐妹，每次相约饭后要一起去玩，吃饭时就不能安心，总是胡乱地扒到嘴里咽下，心里尽想着玩乐。

这时，外祖母就会用她的拐杖敲我们的头说："你们吃那么快，要去赴死吗？"

这句话令我一时呆住了，然后她就会慢条斯理地说："吃那么紧，怎么会知道一碗饭的滋味呀！"当时深记着外祖母的话，从此，吃饭便十分专心，总是好好吃了饭再出去玩。

从前不觉得这两句话有什么了不起的地方，长大以后，年岁日长愈感觉这两句寻常的话有至理在焉，这不正是禅宗祖师所说的"吃饭时吃饭，睡觉时睡觉"那种活在当下的精神吗？

"活在当下"看来是寻常言语，实际上是一种极为勇迈的精神，是把"过去"与"未来"做一截断，使心思处在一心一境的状态，一个人如果能每时每刻都处于一心一境，就没有什么困难能牵住他，也没有什么痛苦能动摇他了。

一心一境是疗治人生的波动、不安、痛苦、散乱最有效也最简易的方法，因为人的乐受与苦受虽是感觉真实，却是一种空相，若能安住于每一个当下，苦受就不那样苦，乐受也没有那么乐了。可惜的是，人往往是一心好几境（怀忧过去，恐慌未来），或一境生起好几种心（信念有如江河，波动不止），久而久之，就被感受所欺瞒，不能超越了。

不能活在一心一境之中，那是由于世人往往重视结局，而不重视过程，很少人体验到一切的过程乃是与结局联结的。一个人如果不能在吃饭时品味米饭的香甜，又何以能深刻地品味人生呢？一个人若不能深入一碗饭，不知蓬莱米、在来米，甚至糯米的不同，又如何能在生命的苦乐中有更深切的认识？

因此吃饭、睡觉、喝茶，看来是人生小事，却能由一心一境在平凡中见出不凡，也就能以实践的态度契入生活，而得到自在。

曾经有人问一位禅师说："什么是解脱痛苦最好的法门？"

禅师说："在痛苦时就承受痛苦，在该死的时候就坦然地死，这便是解脱痛苦最好的法门。"

痛苦或死亡是人人所不愿见到或遇到的，但若不能深刻品味痛苦，何尝能知道平安喜乐的真滋味？若不能对死亡有所领会，又如何能珍惜活着的时候呢？

又有一位禅师问门人说："寒热来时往何处去？"

门人说："向无寒暑处去！"

禅师说："冷时冻死你，热时热死你！"

这世界原来并没有一个无寒暑的地方可以逃避生之恼，因此最好的方法是水里来、火里去，不避于寒热，寒热自然就无可奈何了！这也是一心一境。时人的苦恼就是寒冷的时候怀念暑天，到了真正热的时节，又觉得能冷一些就好了。晴天的时候想着雨景之美，雨季来临时，又抱怨没有好的天色，因此，生命的真味就被蹉跎了。

一心一境是活在每一个眼前的时节，是承担正在遭受的变化不定的人生，那就像拿着铁锤吃核桃，核桃应声而裂，人生的核桃或有乏味之时，或有外表美好、内部朽坏的，但在每一个下锤的时节都能怀抱美好的期待。

当然，人的生命历程如果能像苏东坡所说的："无事以当贵，早寝以当富，安步以当车，晚食以当肉。"那是最好的情况。可惜在现代社会里几乎没有无事、早寝、安步、晚食的人了。因此如何学习以"一心一境"的态度生活，就变得益发可贵。

苏东坡在《春渚纪闻》里还说："处贫贱易，处富贵难。安劳苦易，安闲散难。忍痛易，忍痒难。人能安闲散，耐富贵，忍痒，真有道之士也。"这是苏东坡的至理名言，但我的看法有些不同，我觉得要处贫贱、安劳苦、忍痛苦都是一样难的，唯有一心一境的人，能贫富、劳闲、痛痒，皆一体观之，这才是真正的"有道"。

活在每一个过程，这是真正的解脱，也是真正的自在，"吃饭时吃饭，睡觉时睡觉"的禅语也可以说："痛苦时痛苦，快乐时快乐。"这使我想起元晓大师说的话，他说："纵使尽一切努力，也无法阻止一朵花的凋谢。因此在花凋谢时好好欣赏它的凋谢吧！"

人生的最大意义不在奔赴某一目的，而是在承担每个过程。有一次在报纸上看到汽车广告说："从零加速到一百公里，只要六秒钟！"这广告使我想起外祖母的话："你驶那么紧，要去赴死呀！"

活在苦中，活在乐里；活在盛放，也活在凋零；活在烦恼，也活在智慧；活在不安，也活在止息。这是面对苦难的生命最好的方法。

一生一会

我喜欢茶道里关于"一生一会"的说法。意思是说，我们每次与朋友对坐喝茶，都应该生起很深的珍惜。因为一生里能这样的喝茶可能只有这一回，一旦过了，就再也不可得了。

一生只有这一次聚会，一生只有这一次相会，使我们在喝茶的时候，会沉入一种疼惜与深刻，不至于错失那最美好的因缘。

生命虽然无常，但并不至于太短暂，与好朋友也可能会常常对坐喝茶，但是每一次的喝茶都是仅有的一次，每一日相会都和过去、未来的任何一次不同。

"有时，人的一生只为了某一个特别的相会。"这是我喜欢写了送给朋友的句子。

与喜欢的人相会，总是这样短暂，可是为了这样短暂的相会，我们已经走过人生的漫漫长途，遭受过数不清的雪雨风霜，好不容易，熬到在这样的寒夜里，和知心的朋友，深情相会。仔细地思索起来，从前那走过的路途，不都是为了这短短的数小时作准备吗？

这深情的一会，是从前四十年的总成。

这相会的一笑，是从前一切喜乐悲辛的大草原，开出的最美的花。

这至深的无言，是从前有意义或无意义的语言之河累积成的一朵洁白的波浪。

这眼前的一杯茶，请品尝，因为天地化育的茶树，就是为这一杯而孕生的呀！

我常常在和好朋友喝茶的时候，心里就有了无边的想象，然后我总是试图把朋友的脸容一一收入我记忆的宝盒，希望把他们的言语、眼神、微笑全部典藏起来，生怕在曲终人散之后，再也不会有相同的一会。

"一生一会"的说法是有点幽凄的，然而在幽凄中有深沉的美，使我们对每一杯茶，每一个朋友，都愿意以美与爱来相付托，相赠予，相珍惜。

不只喝茶是"一生一会"的事，在广大的时空中，在不可思议的因缘里，与有缘的人相会面，都是一生一会的。如果有了最深刻的珍惜，纵使会者必离，当门相送，也可以稍减遗憾了。

家家有明月清风

到台北近郊登山，在陡峭的石阶中途，看见一个不锈钢桶放在石头上，外面用红漆写了两字"奉水"，桶耳上挂了两个塑胶茶杯，一红一绿。在炎热的天气里喝了清凉的水，让人在清凉时感觉到人的温情，这桶水是由某一个居住在这城市里陌生的人所提供的，他是每天清晨太阳升起时就抬这么重的一桶水来，那细致的用心是颇能体会到的。

在烟尘滚滚的尘世，人人把时间看得非常重要，因为时间就是金钱，几乎到了没有人愿意为别人牺牲一点点时间的地步，即使是要好的朋友，如果没有重要的事情，也很难约集。但是当我在喝"奉水"的时候，想到有人在这上面花了时间与心思，牺牲自己的力气，就觉得在忙碌转动的世界，仍然有从容活着的人。

这使我想起童年住在乡村，在行人路过的路口，或者偏僻的荒村，都时常看到一只大茶壶，上面写着"奉茶"，有时还特别钉一个木架子把茶壶供奉起来。我每次路过"奉茶"，不管是不是口渴，总会灌一大杯凉茶，再继续前行，到现在我都记得喝茶的竹筒子，里面似乎还有竹林的清香。我想，有时候人活在这个人世，没有留下任何名姓也不是什么要紧的事，只要对生命与土地有过真正的关怀与付出，就算尽了人的责任。

很久没有看见"奉茶"了，因此在台北郊区看到"奉水"时竟低徊良久，到底，不管是茶是水，在乡在城，其中都有人情的温热。山道边一杯微不足道的凉水，使我在爬山的道途中有了很好的心情，并且感觉到不是那么寂寞了。

到了山顶，没想到平台上也有一个完全相同的钢桶，这时写的不是"奉水"，而是"奉茶"，两个塑胶杯，一黄一蓝，我倒了一杯来喝，发现茶是滚热的。于是我站在山顶俯视烟尘飞扬的大地，感觉那准备这两桶茶水的人简直是一位禅师了。在完全相同的桶里，一冷一热，一茶一水，连杯子都配合得恰恰刚好，这里面到底是隐藏着怎么样的一颗心呢？

我一直认为不管时代如何改变，在时代里总会有一些卓然的人，就好像山林无论如何变化，在山林中总会有一些清越的鸟声一样。同样的，人人都会在时间里变化，最常见的变化是从充满诗情画意、逍遥的心灵，变成平凡庸俗而无可奈何，从对人情时序的敏感，变为对一切事物无感。我们在股票号子里看见许多瞪着看板的眼睛，那曾经是看云、看山、看水的眼睛；我们看签六合彩的双手，那曾经是写过情书与诗歌的手；我们看为钱财烦恼奔波的那双脚，那曾经是在海边与原野散过步的脚。我们的眼耳鼻舌身意看起来仍然是与二十年前无异，可是在本质上，有时中夜照镜，已经完全看不出它们的联结，那理想主义的、追求完美的、每一个毛孔都充满了光彩的我，究竟何在呢？

清朝诗人张灿有一首短诗："书画琴棋诗酒花，当年件件不离他；而今七事都更变，柴米油盐酱醋茶。"很能表达一般人在时空中流转的变化，从"书画琴棋诗酒花"到"柴米油盐酱醋茶"，人的心灵必然是经过了一番极大的动荡与革命，只是凡人常不自觉自省，任庸俗转动罢了。

有人问我，这个社会最缺的是什么东西？我认为最缺的是两种，一是"从容"，一是"有情"。这两种品质是大国民的品质，但是由于我们缺少"从容"，因此很难见到步履从容、识见高远的人；因为缺少"有情"，则很难看见乾坤朗朗、情趣盎然的人。

社会学家把社会分为青年社会、中年社会、老年社会，青年社会有的是"热情"，老年社会有的是"从容"。我们正好是中年社会，有的是"务实"，务实不是不好，但若没有从容的生活态度与有情的怀抱，务实到最后正好是"柴米油盐酱醋茶"，牺牲了"书画琴棋诗酒花"。一个彻底务实的人正是死了一半的俗人，一个只知道名利实务的社会，则是僵化的庸俗社会。

人生的幸福在很多时候是得自于看起来无甚意义的事，例如某些对情爱与知友的缅怀，例如有人突然给了我们一杯清茶，例如在小路上突然听见冰果店里传来一段喜欢的乐曲，例如在书上读到了一首动人的诗歌，例如偶然听见桑间濮上的老妇说了一段充满启示的话语，例如偶然看见一朵酢浆花的开放……总的说来，人生的幸福来自于自我心扉的突然洞开，有如在阴云中突然阳光显露、彩虹当空，这些看来平淡无奇的东西，是在一株草中看见了琼楼玉宇，是由于心中有一座有情的宝殿。

"心扉的突然洞开"，是来自于从容、来自于有情。

我时常想起童年时代，那时社会普遍贫穷，可是，大部分人都有丰富的人情，人与人之间充满了关怀，人情义理也不曾被贫苦生活昧却，乡间小路的"奉茶"正是人情义理最好的象征。记得我的父亲常挂在嘴上的一句话是："人活着，要像个人。"当时我不懂这句话的含意，现在才算比较了解其中的玄机。人即使生活条件只能像动物那样，人也不应该活得如动物失去人的有情、从容、温柔与尊严，在中国历代的忧患悲苦之中，中国人之所以没有失去本质，实在是来自这个简单的意念："人活着，要像个人！"

人的贫穷不是来自生活的困顿，而是来自在贫穷生活中失去人的尊严；人的富有也不是来自财富的累积，而是来自在富裕生活里不失去人的有情。人的富有实则是人心灵中某些高贵物质的展现。

家家都有明月清风，失去了清风明月才是最可悲的！

下山的时候，我想，让我恒久保有对人间有情的胸怀，以及一直保持对生活从容的步履；让我永远做一个为众生奉茶供水，在热闹中得到清凉的人。

心的影子

我相信命理，但我不相信在床脚钉四个铜钱就可以保证婚姻幸福、白首偕老。

我相信风水，但我不相信挂一个风铃、摆一个鱼缸就可以使人财运亨通、官禄无碍。

我相信人与环境中有一些神秘的对应关系，但我不相信一个人走路时先跨左脚或右脚就可以使一件事情成功或失败。

我相信除了人，这世界还有无数的众生与我们共同生活。但我不相信烧香拜拜就可以事事平安、年年如意。

我相信人与人之间有不可思议的因缘，但我不相信不经过任何努力，善缘就可以成熟；不经过任何奋斗，恶缘就能消失。

我相信轮回、因果、业报能使一个人提升或堕落，但我不相信借助于一个陌生的算命和改运，就能提升我们或堕落我们。

我相信上帝和天神能对人有所助力，但我不相信光靠上帝和天神就可以使我们进入永恒的天国，或因不信，就会使我们落入无边的地狱。

这些相信与不相信，是缘于我知道一切命运风水只是心的影子，一切际遇起落也只是心的影子。心水如果澄澈，什么山水花树在上面都是美丽的；心水如果污浊，再美丽的花照在上面也只有污秽的东西。

因此，改造命运的原理是要从心做起，而改造命运的方法是进入正法，不要落入外道。"心内求法就是正法，心外求法既是外道。"迷信也是如此，想改变才是正信——所以迷信不应指命运、风水、鬼神等神秘的事物，迷信是指心被向外追求的意念所障蔽和迷转了。

佛经里说："佛能空一切相，成万法智，而不能灭定业。"佛不能灭的定业，谁能灭呢？只有靠自己了。《金刚经》也说："若以色见我，以音声求我，是人行邪道，不能见如来。"什么才能见如来呢？心才能见如来，所以应先求自己的心。

一个人如果澄清了，就日日是好日，夜夜是清宵，处处是福地，法法是正法，那么，还有什么能迷惑、染着我们呢？

——我相信因缘际会，相信命中注定，更相信自己以后的路掌握在自己的手里，一个人想要过得幸福，就要先简单自己的心，所有你心中的不安定，是风动吗？是他人在动吗？不是，是自己的心在动。无论世事怎样，庆幸的是我还是原来的那个我，有我自己的原则和目标，却也喜欢懒、喜欢睡觉，甚至都不敢晚上洗头，因为倒床上，只要碰到枕头，不出十分钟就会睡着。只因为我不愿意在乎的人，我不会在乎，无论你做什么，我只是简单地过我自己想要的生活，与你们都无关。纯粹了，简单了，所有的一切比你想象中的都要美好，就像你站在那里，阳光打在你的脸上，抬头望望，树叶里透出来的星星点点，总是随着你的移动而移动，太阳总是正对着你的脸，那一刻，阳光会让你觉得，你就是这个世上绝无仅有的。

云散

我喜欢胡适的一首白话诗《八月四夜》：

我指望一夜的大雨，

把天上的星和月都遮了；

我指望今夜喝得烂醉，

把记忆和相思都灭了。

人都静了，

夜已深了，

云也散干净了，

仍旧是凄清的明月照我归去，

我的酒又早已全醒了。

酒已都醒，

如何消夜永？

这首《八月四夜》，是根据周邦彦的一阕词《关河令》改写成的，
《关河令》的原文是：

秋阴时作，

渐向暝变一庭凄冷，

伫听寒声，

云深无雁影。

更深人去寂静。

但照壁孤灯相映。

酒已都醒，

如何消夜永？

    胡适的诗一点也不比周邦彦的原词逊色。我从前喜欢这首诗，是欢喜诗中的孤单和寂寞的味道，尤其是在烂醉之后醒来，不知道如何度过凄清的好像永无尽头的寒夜时。我在少年时代，有很多次的心境都接近了这首诗的情景。

    这使我想起，孤单和寂寞虽也有它极美的一面，但究竟不是幸福的。只是有时我们细细想来，幸福里如果没有孤单和寂寞的时刻，幸福依然是不圆满的。

    最好的是，在孤单与寂寞的时候，自己也能品味出那清醒明净的滋味，有时能有一些记忆和相思牵系，才是最幸福的事。

    清晨滚着金边的红云，是美的。

    午后飘过慵懒的白云，是美的。

    黄昏燃烧炽烈的晚霞，是美的。

    有时散得干净的天空，也是美的。

    那密密层层包裹着青天的乌云，使我们带着冷冽的醒觉，何尝不美呢？

当一个人，走过了辉煌的少年时代，有许多人就开始在孤单与寂寞的煎熬中过日子；当一个人，失去了情爱与生命的理想，可能就会在无奈的孤独中忍受一生；当一个人，不能体会到独处的丰富与幸福时，他的生命之火就开始黯然褪色……

凄清的明月是不是美丽的明月那同一个明月呢？当我们从生命的烂醉醒来的时候，保持明净的心灵世界，让我们也欢喜独处时的寂寞吧！因为要做一个自足的人，就是每一时每一刻都能看清云彩从心窗飘过的姿势。在云也散干净的时候，还能在永夜中保持愉悦清明，那么，即使记忆与相思不灭，我们也能自在坦然地走下去。

晴窗一扇

台湾登山界流传着一个故事，一个又美丽又哀愁的故事。

传说有一位青年登山家，有一次登山的时候，不小心跌落在冰河之中；数十年之后，他的妻子到那一带攀登，偶然在冰河里找到已经被封冻了几十年的丈夫。这位埋在冰天雪地里的青年，还保持着他年轻时代的容颜，而他的妻子因为在尘世里，已经是两鬓飞霜年华老去了。

我第一次听到这个故事时，整个胸腔都震动起来，它是那么简短，那么有力地说出了人处在时间和空间之中，确定是渺小的，有许多机缘巧遇正如同在数十年后相遇在冰河的夫妻。

许多年前，有一部电影叫《消失的地平线》，那里是没有时空的，人们过着无忧无虑的快乐生活。一天，一位青年在登山时迷途了，闯入了消失的地平线，并且在那里爱上一位美丽的少女；少女向往着人间的爱情，青年也急于要带少女回到自己的家乡，两人不顾大家的反对，越过了地平线的谷口，穿过冰雪封冻的大地，历尽千辛万苦才回到人间；不料在青年回头的那一刻，少女已经是满头银发，皱纹满布，风烛残年了。故事便在幽雅的音乐和纯白的雪地中揭开了哀伤的结局。

本来，生活在失去的地平线的这对恋侣，他们的爱情是真诚的，也都有创造将来的勇气，他们为什么不能有圆满的结局呢？问题发生在时空，一个处在流动的时空，一个处在不变的时空，在他们相遇的一刹那，时空拉远，就不免跌进了哀伤的迷雾中。

最近，台北在公演白先勇小说《游园惊梦》改编的舞台剧，我少年时代几次读《游园惊梦》，只认为它是一个普通的爱情故事，年岁稍长，重读这篇小说，竟品出浓浓的无可奈何。经过了数十年的改变，它不只是一个年华逝去的妇人对风华万种的少女时代的回忆，而是对时空流转之后人力所不能为的忧伤。时空在不可抗拒的地方流动，到最后竟使得一朝春尽红颜老，花落人亡两不知。

"时间"和"空间"这两道为人生织锦的梭子，它们的穿梭来去竟如此的无情。

在希腊神话里，有一座不死不老的神仙们所居住的山上，山口有一个大的关卡，把守这道关卡的就是"时间之神"，它把时间的流变挡在山外，使得那些神仙可以永葆青春，可以和山和太阳和月亮一样的永恒不朽。

作为凡人的我们，没有神仙一样的运气，每天抬起头来，眼睁睁地看见墙上挂钟滴滴答答走动匆匆的脚步，即使坐在阳台上沉思，也可以看到日升、月落、风过、星沉，从远远的天外流过。有一天，我们偶遇到少年游伴，发现他略有几根白发，而我们的心情也微近中年了。有一天，我们突然发现院子里的紫丁香花开了，可是一趟旅行回来，花瓣却落了满地。有一天，我们看到家前的旧屋被拆了，可是过不了多久，却盖起一栋崭新的大楼。有一天……我们终于察觉，时间的流逝和空间的转移是那样的无情和霸道，完全没有商量的余地。

中国的民间童话里也时常描写这样的情景，有一个人在偶然的机缘上到了天上，或者游了龙宫，十几天以后他回到人间，发现人事全非，手足无措；因为"天上一日，世上一年"，他游玩了十数天，世上已过了十几年，十年的变化有多么大呢？它可以大到你回到故乡，却找不到自家的大门，认不得自己的亲人。贺知章的《回乡偶书》里很能表达这种心情："少小离家老大回，乡音无改鬓毛衰；儿童相见不相识，笑问客从何处来？"数十年的离乡，甚至可以让主客易势呢！

佛家说"色相是幻，人间无常"，实在是参透了时空的真实，让我们看清一朵蓓蕾很快地盛开，而不久它又要凋落了。

《水浒传》的作者施耐庵在该书的自序里有短短的一段话："每怪人言，某甲于今若干岁。夫若干者，积而有之之谓。今其岁积在何许？可取而数之否？可见已往之吾悉已变灭。不宁如是，吾书至此句，此句以前已疾变灭，是以可痛也。"（我常对于别人说"某甲现在若干岁"感到奇怪，若干，是积起来而可以保存的意思，而现在他的岁积存在什么地方呢？可以拿出来数吗？可见以往的我已经完全改变消失，不仅是这样，我写到这一句，这一句以前的时间已经很快改变消失，这是最令人心痛的。）正是道出了一个大小说家对时空的哀痛。古来中国的伟大小说，只要我们留心，它讲的几乎全有一个深刻的时空问题，《红楼梦》的花柳繁华温柔富贵，最后也走到时空的死角；《水浒传》的英雄豪杰重义轻生，最后下场凄凉；《三国演义》的大主题是"天下大势分久必合，合久必分"；《金瓶梅》是色与相的梦幻湮灭；《镜花缘》是水中之月，镜中之花；《聊斋志异》是神鬼怪力，全是虚空；《西厢记》是情感的失散流离；《老残游记》更明显地道出了："眼看他起高楼，眼看他楼塌了。"

我们的文学作品里几乎无一例外的，说出了人处在时空里的渺小，可惜没有人从这个角度深入探讨，否则一定会发现中国民间思想，对时空的递变有很敏感的触觉。西方有一句谚语："你要永远快乐，只有向痛苦里去找。"正道出了时空和人生的矛盾，我们觉得快乐时，偏不能永远，留恋着不走的，永远是那令人厌烦的东西——这就是在人生边缘上不时作弄我们的时间和空间。

柏拉图写过一首两行的短诗：

你看着星么，我的星星？
我愿为天空，得以无数的眼看你

人可以用多么美的句子，多么美的小说来写人生，可惜我们不能是天空，不能是那永恒的星星，只有看着消逝的星星感伤的份。

有许多人回忆过去的快乐，恨不能与旧人重逢，恨不能年华停驻，事实上，却是天涯远隔，是韶光飞逝，即使真有一天与故人相会，心情也像在冰雪封冻的极地，不免被时空的箭射中而哀伤不已吧！日本近代诗人和泉式部有一首有名的短诗：

心里怀念着人，
见了泽上的萤火，
也疑是从自己身体出来的梦游的魂。

我喜欢这首诗的意境，尤其"萤火"一喻，我们怀念的人何尝不是夏夜的萤火忽明忽灭，或者在黑暗的空中一转就远去了，连自己梦游的魂也赶不上，真是对时空无情极深的感伤了。

说到时空无边无尽的无情，它到终极会把一切善恶、美丑、雅俗、正邪、优劣都涤洗干净，再有情的人也丝毫无力挽救。那么，我们是不是就因此而颓丧、优柔不前呢？是不是就坐等着时空的变化呢？

我觉得大可不必，人的生命虽然渺小短暂，但它像一扇晴窗，是由自己小的心眼里来照见大的世界。

一扇晴窗，在面对时空的流变时飞进来春花，就有春花；飘进来萤火，就有萤火；传进秋声，就来了秋声；侵进冬寒，就有冬寒。闯进来情爱就有情爱，刺进来忧伤就有忧伤，一任什么事物到了我们的晴窗，都能让我们更真切地体验生命的深味。

只是既然是晴窗，就要有进有出，曾拥有的幸福，在失去时窗还是晴的；曾被打击的重伤，也有能力平复；努力维持着窗的晶明，哪怕任时空的梭子如百鸟之翔在眼前乱飞，也能有一种自在的心情，不致心乱神迷。有的人种花是为了图利，有的人种花是为了无聊，我们不要成为这样的人，要真爱花才去种花——只有用"爱"去换"时空"才不吃亏，也只有心如晴窗的人才有真正的爱，更只有爱花的人才能种出最美的花。

柔软心

一

我多么希望，我写的每一个字、每一篇文章都洋溢着柔软心的味道，我的每一个行为都有如莲花的花瓣，温柔而伸展。

因为我深信，一个作家在写字时，他画下的每一道线都有他人格的介入。

二

日本曹洞宗的开宗祖师道元禅师，传说他航海到中国来求禅，空手而来，空手而去，只得到一颗柔软心。

这是令人动容的故事，许多人认为道元禅师到中国求柔软心，并把柔软心带回日本。其实不然，柔软心是道元禅师本具的，甚至是人人本具的，只是，道元若不经过万里波涛，不到中国求禅，他本具的柔软心就得不到开发。

柔软心不从外得，但有时由外在得到启发。

三

学禅的人若无柔软心，禅就只是一种哲学，与存在主义无异。

柔软心并不是和稀泥一样的泥巴，柔软心是有着包容的见地，它超越一切、包容一切。

柔软心是莲花，因慈悲为水、智慧做泥而开放。

四

有人问我："为什么草木无心，也能自然地生长、开花、结果，有心的人反而不能那么无忧地过日子？"

我反问道："你非草木，怎么知道草木是无心的呢？你说人有心，人的心又在哪里呢？假若草木真是无心，人如果达到无心的境界，当然可以无忧地过日子。"

"凡夫"的"凡"字就是中间多了一颗心，刚强难化的心与柔软温和的心并无别异。

具有柔软心的人，即使面对的是草木，也能将心比心，也能与草木至诚地相见。

五

追鹿的猎师是看不见山的，捕鱼的渔夫是看不见海的。

眼中只有鹿和鱼的人，不能见到真实的山水，有如眼中只有名利权位的人，永远见不到自我真实的性灵。

要见山，柔软心要伟岸如山；要见海，柔软心要广大若海。

因为柔软，所以能包容一切，涵摄一切。

六

人在遇到人生的大疑、大乱、大苦、大难时，若未被击倒，自然会在其中超越而得到"定"，因定而得到清明，由清明而能柔软。

在柔软中，人可以和谐、单纯，进而达致意识的统一。

野狐禅、口头禅，最缺乏的就是柔软心，有柔软心的禅者不会起差别，不会贬抑净土，或密宗，或一切宗派，乃至一切众生。

七

有欲念，就有火气；有火气，就有烦恼。

柔软心使欲念的火气温和，甚至消散，当欲念之火消散了，就是菩提。

从烦恼到菩提的开关，就是柔软心。

八

佛陀教我们度化众生，并没有教我们苛求众生。我们要度化众生应在心中对众生没有一丝丝苛求，只有随顺。众生若可以被苛求，就不会沦为众生了。

随顺，就是处在充满仇恨的人当中，也不怀丝毫恨意。

随顺，就是随着充满黑暗的世界转动，自己还是一盏灯。

随顺，就是看任何一个众生受苦，就有如自己受苦一般。

随顺，是柔软心的实践，也是柔软心点燃的香。